CLV

Wilhelm Busch

Man muss doch darüber sprechen

Kleine Erzählungen
Zweiter Band

clv

Christliche
Literatur-Verbreitung e.V.
Postfach 11 01 35 · 33661 Bielefeld

1. Auflage 2005

Christliche Literatur-Verbreitung
Postfach 110135 • 33661 Bielefeld
CLV im Internet: www.clv.de
früher erschienen bei Quell / Gütersloher Verlagshaus
Satz: CLV
Umschlag: Lucian Binder, Meinerzhagen
Druck und Bindung: Ebner & Spiegel, Ulm

ISBN: 3-89397-666-3

Inhaltsverzeichnis

»Sie suchen, was sie nicht finden …«

Es ist wunderlich, wie einzelne Eindrücke der frühesten Jugend unverlierbar im Gedächtnis haften, während oft große Erlebnisse der späteren Zeit wie ausgelöscht sind. So erinnere ich mich daran, dass ich als ganz kleiner Kerl meinen Vater auf einem Gang in die Stadt begleiten durfte. Der Weg führte über einen schmalen Steg, der die Bahnanlagen überquerte. Es war schrecklich aufregend, weil die Bohlen nicht dicht nebeneinander lagen. Man sah zwischen ihnen in der Tiefe die glitzernden Gleise. Mein Vater ging vor mir her, und ich nahm mein kleines, zitterndes und furchtsames Herz in beide Hände. Immer hatte ich das Gefühl, ich müsse zwischen den Bohlen durchfallen und hinabstürzen.

Und dann kam das Unglück. Es kam in Form einer Rangierlokomotive, die grauenvoll qualmte. Da war es um meine Fassung geschehen. Es muss komisch gewesen sein, wie ich auf einmal aus dem umhüllenden Qualm erbärmlich um Hilfe schrie.

Aber dann fasste mich die starke Hand meines Vaters. Die Geschichte ist etwa fünfzig Jahre her. Und – wie gesagt – ich war ein so kleiner Kerl, dass ich mich sonst kaum an jene Zeit erinnere. Aber die unendliche Seligkeit, die ich über der starken, rettenden Vaterhand empfand, ist mir so gegenwärtig, als sei das gestern gewesen.

Wie oft hat später die rettende Hand meines Heilands so in mein Leben eingegriffen, wenn der Qualm des Lebens mich verzweifeln lassen wollte!

Es war sicher nicht viel später, als sich jene andere seltsame Geschichte ereignete, die hier berichtet werden soll.

Da tobte durch meine Heimatstadt der Karneval. Mein Vater hatte als ein treuer Pfarrer seiner Gemeinde innerlich große Not. Er bekam nachher die erschütternden Folgen dieser Taumeltage zu spüren, da arme Leute ihre Betten ins Pfandhaus trugen, um mitfeiern zu können.

Es war am Aschermittwoch. Da forderte er mich auf: »Komm, du darfst mich auf einem Gang begleiten!« Es war noch früh am Morgen. Da und dort sah man in den Straßen die widerlichen, betrunkenen Überbleibsel der letzten Nacht. Der Weg führte uns auch in die Anlagen, die sich in meiner Heimatstadt einen Berghang hinaufzogen. Es war schön dort. Und ich sehe noch im Geist die morgenfrischen Bäume und Sträucher.

Der Weg ging in Serpentinen bergauf. An jeder Biegung des Weges stand unter einem großen Gebüsch eine Bank, von der aus man einen schönen Ausblick auf das Tal hatte.

Gemächlich stiegen wir höher. Wieder kamen wir an solch eine Wegbiegung. Und da – wir stutzten einen Augenblick –, da auf der Bank saß ein blutjunges Paar: Er noch im Harlekinkostüm, sie in ein Flittergewändchen gekleidet. Ach, sie sahen so unsagbar kümmerlich aus an diesem frischen Morgen! Auf den Gesichtern der beiden lagen die Spuren einer Taumelnacht. Diese jungen Menschen waren wohl schon durch alle Tiefen gegangen!

Nun, ich war so ein kleiner Kerl, dass ich von alldem nicht viel verstand. Was mir aber damals schon auffiel, war dies: Auf diesen Gesichtern lag eine unendliche Traurigkeit, eine abgrundtiefe Verzweiflung. Welche Gesichter über den Narrenkleidern!

Es war kein Wunder, dass wir beide betroffen stehen blieben. Aber mein Vater fasste sich schnell und ging schweigend weiter. Und ich stapfte mit meinen kleinen Beinen hinter ihm her. Dabei hatte ich das Gefühl, als wenn etwas unsagbar Schreckliches mich gestreift hätte.

Wir waren kaum um das uns verdeckende Gebüsch gebogen, da blieb mein Vater stehen und horchte. Nun hörte ich es auch – die beiden sangen ganz leise ein Lied. Es klang so seltsam, dass es mir durch Mark und Bein ging.

Damals hörte ich zum ersten Mal dieses Lied, das ich später oft gesungen habe. Wo mochten diese zwei das Lied wohl herhaben? Vielleicht kamen sie aus einem frommen Elternhaus. Oder sie hatten es in einem Kindergottesdienst kennen gelernt, als ihr Leben noch nicht so unsagbar beschmutzt war.

Ich erlebte das alles etwas fassungslos. Und als mein Vater in tiefem Schweigen weiterging, ja, in erschüttertem Schweigen, zog ich bekümmert hinter ihm her. Ich verstand ja nichts. Es war mir nur, als hätten sich Abgründe vor mir aufgetan.

Später aber, als ich selbst dieses Lied lernte, verstand ich die Bewegung meines Vaters. Das Lied nämlich lautet so:

»Ich bin durch die Welt gegangen,
Und die Welt ist schön und groß,
Und doch ziehet mein Verlangen
Mich weit von der Erde los.

Ich habe die Menschen gesehen,
Und sie suchen spät und früh;
Sie schaffen und kommen und gehen,
Und ihr Leben ist Arbeit und Müh.

Sie suchen, was sie nicht finden,
In Liebe und Ehre und Glück,
Und sie kommen belastet mit Sünden
Und unbefriedigt zurück.

Es ist eine Ruhe vorhanden
Für das arme, müde Herz;

Sagt laut es in allen Landen:
Hier ist gestillet der Schmerz!

Es ist eine Ruhe gefunden
Für alle, fern und nah,
In des Gotteslammes Wunden
Am Kreuz auf Golgatha.«

Manchmal – ganz unmotiviert – fallen mir die beiden jungen Menschen ein. Und ich frage mich, ob diese in der Wüste der Welt Verirrten wohl den Weg »nach Hause« gefunden haben, von dem sie hier sangen?

Wie einer das »Eigentliche« begreifen lernte

Donnernd fuhr der Zug in die Bahnhofshalle. Langsam packte der junge Student sein Köfferchen und stieg aus. Langsam ging er zum Ausgang. Einen kurzen Augenblick sah er sich um. Dann ging er langsam in die Stadt hinein. Nein, er hatte es nicht eilig, obwohl zu Hause die Mutter und die Schwestern auf ihn warteten.

Seine Gedanken wanderten: Wie anders war es in den Jahren früher gewesen! Da hatte er gar nicht schnell genug aus dem Bahnhof herauskommen können. Hinein in die Droschke zu dem schönen Stadtteil, wo die Eltern wohnten! Dort die hübsche Villa war das Elternhaus. Noch ehe die Droschke richtig hielt, war man heraus. Und Sturm geläutet am Tor! Dann kamen jubelnd die Schwestern. Und die Mutter! Und der Vater, dieser herrliche Vater! Und dann kam Weihnachten mit all seinem Glanz und all seiner Freude. Ja, so war es früher. – Gedankenvoll schritt er dahin. Es war ein weiter Weg. Und er hatte nicht einmal die paar Pfennige für die Straßenbahn.

Das heißt, »Pfennige« ist verkehrt gesagt. Es war ja die böse Zeit der Inflation, wo selbst eine Straßenbahnfahrt ein paar tausend Mark kostete.

Ach, es war alles anders geworden! Bedrückt schritt unser Student dahin in den Norden der Stadt. Da wartete nun ein hohes graues Haus auf ihn. Dort wohnte die Mutter in entsetzlich elenden Verhältnissen.

Wie rasch hatte sich alles verändert! Der Vater war plötzlich gestorben. Die Inflation hatte das Vermögen verzehrt. Ihr hübsches Haus hatten sie verlassen müssen.

»Es wäre alles zu ertragen, wenn der Vater noch lebte, unser starker, froher Vater«, dachte der Student, während er durch immer grauere, trostlosere Straßen ging. »Aber so – kann man doch nicht – Weihnachten feiern! So doch nicht!

Ohne den Vater! Und ohne Geld! Und ohne einen Weihnachtsbaum! Und ohne Geschenke! Nein, so kann man nicht Weihnachten feiern!«

Er geht langsam. Er hat es nicht eilig. Aber schließlich steht er doch vor dem großen grauen Haus. Hier wundert er sich zum ersten Mal, dass ihn niemand abgeholt hat. – »Nun ja«, denkt er, »die haben keinen Mut zum Leben mehr!«

Und dann steigt er die dunklen Treppen hinauf. Ganz oben wohnt die Mutter. »Meine liebe, arme Mutter!«, denkt er im ersten Stock.

Dann steigt er weiter nach oben. »Ich hätte gar nicht kommen sollen. Man macht sich nur das Herz schwer«, denkt er im zweiten Stock.

Dann steigt er weiter. Beim dritten Stock bleibt er wieder stehen. »Das ist nun Heiliger Abend!«, denkt er bitter. Er steigt weiter. Ein paar Stufen – dann aber bleibt er stehen. Über ihm hebt ein Gesang an: jubelnd, hell, himmlisch.

Da oben steht die Mutter mit den Schwestern. Und sie singen ihm entgegen:

»Warum sollt ich mich denn grämen?
Hab ich doch Christum noch.
Wer will mir den nehmen?
Wer will mir den Himmel rauben,
Den mir schon Gottes Sohn
Beigelegt im Glauben?«

Regungslos steht der junge Student da. Er ist ein harter Kerl. Den Weltkrieg hat er mitgemacht, fast als Knabe. Im Freikorps hat er gekämpft nach dem Krieg. Aber nun laufen ihm die Tränen herunter, Freudentränen!

Es geht ihm wie den Hirten auf Bethlehems Feld. Und er hört die Engelsbotschaft: »Euch ist heute der Heiland geboren!«

Und er begreift: Diese Botschaft gehört zu Weihnachten. Alles andere mag vergehen und fehlen. Wenn der Heiland da ist, dann ist Weihnachten, Glanz und Freude und Herrlichkeit. – Und jubelnd eilt er der Mutter in die Arme.

Eine Tür ging auf

Wie lange ist das nun eigentlich her – lasst mich mal eben zurückrechnen! – Ach, es ist ja gleichgültig, wie viele Jahre seitdem verflossen sind. Es war jedenfalls nicht sehr lange nach dem Ersten Weltkrieg … Wer die Zeit noch miterlebt hat, weiß, dass damals die Menschen nicht so stumpf und müde waren wie nach dem zweiten großen Krieg. Nein! Damals verbissen sie sich mit Leidenschaft und Fanatismus in politische Ideen.

Also damals war es, dass ich mit dem schönen

Titel »Hilfsprediger« in den Arbeitervorort einer Industriestadt geschickt wurde. Wenn man es richtig verstand, bedeutete dieser schöne Titel, dass ich ein Prediger sei, dem man helfen müsste. Und so war es in der Tat.

Was nützte es mir hier, dass ich einen Krieg mitgemacht hatte! Und dass ich Theologie studiert hatte, brachte mich auch nicht weiter! Denn diese verhetzte Bevölkerung, die schon ihrer westfälischen Natur nach ziemlich dickköpfig ist, war sich völlig einig in der Ablehnung des Pfarrers und des Evangeliums.

In die Kirche kamen die Leute nicht. Also fing ich an, tagsüber Besuche in den Häusern zu machen. Weil aber die Männer in der Fabrik waren und ich nur die Frauen antraf, höhnten sie: »Da sieht man's! An die Männer wagt sich so ein Pfaffe nicht heran!«

Daraufhin machte ich meine Besuche am Abend, wenn die Männer zu Hause waren. Für ein paar Tage wurde die Front verwirrt. Dann stand sie wieder fest gegen mich. Es wurde die Parole ausgegeben: »Kein Mann darf mit dem Pfaffen sprechen!«

Es war fürchterlich! Ich ging von Wohnung zu Wohnung. Mit den Frauen gab es ein kurzes, unerfreuliches Gespräch. Die Männer saßen dabei, grinsten und schwiegen. Kein Gruß! Kein Handschlag! Sie taten, als sei ich Luft.

Oft habe ich geheult vor Zorn und Scham, wenn ich nach diesen Gängen in mein einsames Zimmer zurückkehrte. Manchmal aber habe ich auch gelacht und die Männer bewundert, die das so eisern durchhielten. Ja, damals habe ich Respekt bekommen vor den westfälischen Charakteren. Und ich sagte mir: »Wenn es dem Wort Gottes gelingt, hier einzubrechen, dann wird etwas Herrliches entstehen.«

Es ist so gekommen! Jesus wurde Sieger. Und es entstand hier eine Gemeinde, die heute noch blüht. Langsam, sehr langsam gingen die Türen auf.

Aus jenen Tagen, als die »Front« anfing zu wackeln, will ich ein Erlebnis berichten:

»Herein!«, ruft es, als ich anklopfe.

Ich öffne zaghaft die Tür: ein großes Zimmer mit vielen Menschen. Ich sehe die Szene noch deutlich vor mir: Die Mutter steht am Herd und backt »Pickert«. Neben ihr kniet der Vater, ein alter Arbeiter, und stochert im Feuerloch. Mitten in der Stube ein junger Mann. Er hat sich ein Waschbecken auf einen Stuhl gestellt und vollzieht eine Großreinigung. Um den Tisch sitzen noch ein paar junge Leute. Kinder, Schwiegerkinder? – ich weiß es nicht! Auch ganz kleine Kinder wimmeln herum. Kurz – eine beachtliche Volksversammlung.

»Guten Abend!«, rufe ich in das Getümmel. Der Vater schaut auf: »Ach, der Pfaffe!« Ein Gelächter antwortet. Und von dem Augenblick an bin ich Luft für alle. Ich wende mich an die Frau. Sie tut, als sei sie taub. Sie war meine letzte Hoffnung gewesen.

Eine fürchterliche Situation! Soll ich unter dem Gelächter des Volkes abziehen? Unmöglich! In meinem Herzen ruft es unablässig: »Herr Jesus! Nun hilf mir doch!« Und er hilft. Mein Blick fällt auf einen jungen Mann, der in der Ecke sitzt und auf einer Gitarre herumhantiert. Ich steuere auf ihn zu: »Können Sie spielen?«

»Nee!«, brummt er. Und mein Herz jauchzt. Es war doch immerhin ein menschlicher Laut.

»Geben Sie mal her! Ich will Ihnen ein paar Griffe zeigen!« Entschlossen entreiße ich ihm das Instrument und schlage ein paar Akkorde an. Interessiert schaut er auf meine Finger. Und ich bin nebenher überglücklich, dass hier nicht ein Klavier stand. Da hätte ich mir nicht zu helfen gewusst. Aber auf der Klampfe war ich als alter »Fahrtenbruder« einigermaßen sicher.

Der Unterricht beginnt. Ich drehe allem Volk den Rücken zu und erkläre dem jungen Mann: »Sehen Sie, das ist der D-Dur-Akkord. Der ist ganz einfach. Damit können Sie schon eine ganze Menge Lieder begleiten!«

Ich klimpere ihm vor. Er nimmt das Instrument, probiert. Es geht schief. Ich mache es noch einmal vor. »Begleiten Sie damit ein Lied?«, fragt er. »Gewiss!« Und dann spiele und singe ich: »Alle Vögel sind schon da …«

Er staunt. Er probiert auch …

Ich merke, dass hinter meinem Rücken eine atemlose Stille eingetreten ist. Alles horcht gespannt. Aber ich wage nicht, mich umzudrehen. So spüre ich nur die Blicke wie ein Prickeln auf meinem Rücken.

Er kann es jetzt schon ganz gut. Für mich wird es Zeit, dass ich zu meiner Botschaft komme.

»Soll ich Ihnen noch mal ein Lied vorspielen?«, frage ich. Er nickt. Jetzt gilt's!

Ich nehme die Klampfe, stimme sie noch einmal. Und dann singe ich. Nicht schön, oh, ich weiß nur zu gut, dass meine Stimme sehr rau klingt. Aber auf die Schönheit des Gesangs kommt es jetzt gar nicht an. Es geht jetzt nur um den Text:

»Schönster Herr Jesu,
Herrscher aller Enden,
Gottes und Marien Sohn!
Dich will ich lieben,
Dich will ich ehren,
Du meiner Seelen Freud' und Kron' …«

Eine große Stille ist im Zimmer. Noch habe ich allen den Rücken zugekehrt und kann nicht sehen, was sie tun. Aber – es ist still!

So wage ich den zweiten Vers. Und dann den dritten und den vierten. Niemand unterbricht mich.

Ich singe den Vers von der schönen Jugend: »Sie müssen sterben / müssen verderben – Nur Jesus lebt in Ewigkeit.«

Immer noch sagt niemand ein Wort. Mein Herz wird so fröhlich. Ich wusste es ja: Mögen sie alles gegen den »Pfaffen« haben und gegen seine »Kirche« – der Name »Jesus« ist eine Macht, der auch harte Herzen sich beugen müssen.

Hinter mir ist es so still, als warteten alle noch auf einen weiteren Vers. So singe ich:

»Wenn einst ich sterbe,
Dass ich nicht verderbe,
Lass mich dir befohlen sein!
Wann's Herz wird brechen,
Lass mich dann sprechen:
Jesus, nimm auf die Seele mein!«

Alle Augen im Zimmer sehen mich an. Regungslos hat alles zugehört. Der Vater atmet tief auf: »Ein schönes Lied!«, sagt er.

»Ja, und ein wichtiges Lied!«, erwidere ich.

»Wieso wichtig?«, fragt er etwas unsicher.

»Das will ich Ihnen erklären! Aber erst müssen Sie mir mal einen Stuhl geben! So schnell geht das nicht!« Es ist wie ein Wunder. Da sitze ich dann am Tisch mit diesen Leuten. Und sie hören mir zu, als ich ihnen klar mache, dass ich nicht Propagandist einer Weltanschauung bin; dass ich nichts von ihnen will; dass aber Gott durch den Herrn Jesus etwas Großes für sie getan hat …

Und leise, ganz leise geht eine Tür wieder auf, die so lange verschlossen gewesen war.

»Aber – Christus lebt!«

Der junge Bauer auf dem einsamen westfälischen Hof machte große Augen. »Sie wollen Ihre Räder bei mir abstellen? Natürlich können Sie das! Aber – sagen Sie mal! – was ist denn eigentlich los? In meiner Scheune stehen sicher schon etwa hundert Fahrräder. Und – sehen Sie! – da hinten kommt schon wieder ein Trupp!«

Er spähte auf die regennasse Landstraße hinaus. Leise fieselte ein Sprühregen. Man konnte nicht weit sehen … Der Wind trug uns einzelne Töne des Fahrtenliedes zu, das die heranziehende Schar sang.

»Die kommen zu Fuß!«, sagte der Bauer. »Einen Wimpel haben sie auch. So geht das nun schon den ganzen Nachmittag. Und alles zieht hinauf zur Schwedenschanze …« Er zeigte auf eine nebelverhangene Kuppe des Teutoburger Waldes.

»Kommen Sie doch mit!«, luden wir ihn ein, während wir die Räder in der Scheune abstellten. Er überlegte einen Augenblick, ging dann ins Haus und kam in einem Lodenmantel zurück.

»Jetzt kann's losgehen!«, lachte er. »Nun bin ich aber gespannt!«

Während wir auf steilen, kleinen Wegen in die Berge stiegen, erzählten wir ihm, die evangelische Jugend habe an alle jugendbewegten Kreise die Parole ausgegeben: »Wir treffen uns am Sonnabend vor Ostern auf der Schwedenschanze zu Aussprache und Osterfeuer!« Diese Botschaft sei nur von Mund zu Mund durchgegeben worden. Und nun habe sich eben die Jugend aller Schattierungen aufgemacht.

»Ja, – aber – bei diesem Wetter?!«, meinte er etwas erstaunt. »Das habe ich doch gesehen, dass manche von weither kommen.

Wir lachten. Es war die Zeit nach dem Ersten Weltkrieg, in der eine herrliche und seltsame Bewegung durch die Jugend ging. Man hatte bei Fahrt und Lager eine neue Welt gefunden. Und in dem entschlossenen Willen zur inneren Wahrhaftigkeit, in dem neuen Lebensstil und in der Ablehnung der verrotteten »alten Welt« verstand man sich mit der Jugend anderer Färbung tausendmal besser als mit den »Alten« des eigenen Lagers.

Über solchen Gesprächen hatten wir die kahle

Kuppe der Schwedenschanze erreicht. Fröhliche Rufe empfingen uns. Der Regenwind peitschte die Wimpel von Pfadfindern, evangelischer Jugend, sozialistischen Gruppen, »Landsknechten«, Gilden – und was alles so aufbrach in jener stürmischen Zeit.

Und dann saßen wir unter ein paar alten Bäumen. Das Gespräch begann. Wir vergaßen Sturm, Regen, Nässe und Nebel über dem heißen Ringen.

Die neue Welt! Darum ging es! Und wir Christen sagten, da müsse man davon ausgehen, dass ja morgen der Tag der Auferstehung Jesu sei. In diesem Ereignis sei die neue Welt angebrochen. Ohne den lebendigen Herrn Jesus müsse alles, was wir ersehnten, wieder im Alten untergehen. Wir bezeugten das aus unserem Wissen um Jesus, ohne zu ahnen, wie schrecklich die Zukunft uns Recht geben würde.

Ich weiß nicht mehr, was alles in jener hereinbrechenden Nacht vor Ostern gesagt wurde. Nur der Schluss unseres Gesprächs hat sich mir unvergesslich eingeprägt. Fackeln waren angezündet worden. Und im flackernden Licht stand ein erregter junger Mann und rief: »Schluss mit dem Christentum! Das hat zweitausend Jahre Zeit gehabt, die Welt zu erneuern. Und was ist geschehen? In seinem Namen sind Menschen gemartert und getötet worden! In seinem Namen ist eine

Welt von Heuchelei aufgebaut worden! Schluss damit! Ein Neues muss kommen! Das Christentum ist tot! Das Christentum ist tot!«

Plötzlich stand neben ihm ein blonder junger Westfale. Ich sehe ihn noch vor mir, wie der Wind an seinem Haarschopf zerrte. Mit einer entschlossenen Handbewegung gebot er dem anderen Schweigen. Und dann rief er – und es war ein unendlicher Jubel in seiner Stimme – »Gut! Mag sein! Es mag sein, dass das Christentum tot ist. Aber – Jesus Christus lebt!«

Auf einmal war tiefes Schweigen über den Hunderten von jungen Menschen.

Dann rief einer mit heller Stimme: »Nun das Osterfeuer!«

Wir liefen zu dem riesigen Holzstoß. Das Holz war nass, und das Feuer musste sich erst durchsetzen. Aber dann prasselte es hoch auf.

Und während der Sturm das Feuer peitschte, sangen wir jauchzend:

»Du hast in dieser armen Welt
Ein Feuer angefacht,
Und deine heil'ge Rechte hält
Noch immer drüber Wacht.

So brennt's und lodert's da und dort
Trotz Wind und Wasser immerfort;
O schür die Glut, dass Funken sprüh'n,

Lass auch in uns dein Feuer glüh'n,
Dass unsre Herzen glüh'n!
Heut zünden wir ein Feuer an
Und weihen dir die Nacht;

Wir freuen uns wie Kinder dran,
Dass du uns Licht gebracht.
Ein Licht aus unsres Vaters Welt
Bist du in unsre Nacht gestellt ...«

Es war lange nach Mitternacht, als wir mit dem jungen Bauern hinunterstiegen. Der Regen hatte aufgehört. Über uns leuchteten die Sterne.

Kein Wort wurde mehr gesprochen. Nur ganz von ferne hörte man den Gesang einer Schar, die über den Kamm des Gebirges davonzog. Leise sangen wir mit: »Das Reich ist dein, Herr Jesu Christ, das Reich, um das wir fleh'n ...«

Das Buch des Lebens

Es war eine jener trostlosen Straßen, wie sie überall im Ruhrgebiet zu finden sind: endlose Reihen geschmackloser Mietskasernen, grau geworden vom Ruß, der aus unzähligen Schloten quillt – rasselnde und bimmelnde Straßenbahnen – Lastautos, die lärmend über das schlechte

Pflaster holpern – Kneipen, aus denen kreischend Radiomusik ertönt – und dazwischen Menschen! Menschen! Dicht gedrängt! Die Not des Lebens steht ihnen im Gesicht geschrieben.

Und Kinder! Scharen von Kindern! Sie spielen unbekümmert und kriegen es fertig, in dieser traurigen Umgebung dasselbe Jugendparadies zu finden wie andere »im schönsten Wiesengrunde«.

Ein paar Jungen rennen mich beinahe um. Sie kommen mir gerade recht. Ich bin erst seit kurzem in dieser Stadt und kenne die Gegend noch nicht genau. Nun soll ich einen Kranken besuchen, der »auf der Soldatenwiese« wohnt. Wo in aller Welt mag hier die Soldatenwiese sein? So weit ich sehe: nirgends etwas Grünes!

So halte ich nun den Jungen, der beim eifrigen Spiel gegen mich prallt, fest: »Weißt du, wo die Soldatenwiese ist?«

»Och, das ist doch das Barackenlager hinter dem alten Friedhof.« »Ja, wo ist denn der alte Friedhof? Kannst du mir nicht den Weg dahin zeigen?«

Er schaut sich nach seinen Freunden um. Die haben sich neugierig herzugesellt. »Geht ihr mit?«, fragt er. Und ich lerne hier wieder die Macht der »Horde« kennen. Wenn die anderen »Nein!« sagen, wird er um nichts in der Welt dazu zu bewegen sein, mir den Weg zu weisen. Aber ich habe

Glück: Sie wollen mit. So ziehe ich weiter – nun mit einem stattlichen Gefolge von zwölf Jungen. Sie erwarten offenbar etwas von mir. Gut! Ich werde sie nicht enttäuschen. »Wollt ihr eine Geschichte hören?« »Klar! Fangen Sie an!«

Und während wir uns durch den Lärm und das Gedränge schieben, erzähle ich ihnen die biblische Geschichte, wie die Jünger beim Sturm auf dem See Genezareth in große Not gerieten, wie aber der Herr Jesus dann mit seinem machtvollen Wort den Sturm stillte.

Jungen hören gern von Jesus. Und so gefiel ihnen diese Geschichte so gut, dass sie noch mehr verlangten. Ich erzählte. Ärgerlich, erstaunt, lächelnd und auch wütend schauten uns die Leute nach. Denn ich musste ja recht laut reden, damit ich bei dem Lärm verstanden wurde. Und jedenfalls war der Name Jesus auf solch einer Straße nicht gerade etwas Alltägliches.

Inzwischen hatten wir den alten Friedhof erreicht. Hier bogen wir ab in einen ganz schmalen Weg, der am Kirchhofsgitter entlangführte.

Da hielt auf einmal einer der Jungen an und sagte erstaunt: »Wie still es hier ist!« Ich musste lächeln: Solchen Großstadtjungen fällt es nicht auf, wenn es abscheulich laut ist, sondern wenn es still wird.

Wir blieben nun alle stehen und lauschten hinein in die Stille des alten Friedhofs. Man hörte nur den Wind in den Bäumen rauschen. Und von fern den Lärm der Straße.

»Jungens!«, sagte ich, »jetzt ist es da drin im Friedhof ganz still. Aber es wird einmal ein Tag kommen, an dem es hier ein großmächtiges Leben und Gedränge geben wird.« »Wenn der Friedhof abgeräumt wird!«, erklärt einer, der Bescheid weiß.

»Nein! Das meine ich nicht. Ich denke an den Tag, ›wenn einst die Posaun' erklingt, die auch durch die Gräber dringt‹.« Und nun erzähle ich ihnen die unerhörte Botschaft der Bibel, dass die Toten auferstehen werden; und dass der Herr Jesus als der Erstling schon auferstanden ist. Atemlos hören die Jungen mir zu.

»Und dann?«, fragt einer.

»Ja seht, da war ein Jünger des Herrn Jesus. Dem hat Gott in wunderbarer Weise gezeigt, was dann kommt. Ich will es euch in den Worten dieses Johannes sagen: ›Und ich sah einen großen, weißen Stuhl und den, der darauf saß; vor des Angesicht floh die Erde und der Himmel, und ihnen ward keine Stätte gefunden. Und ich sah die Toten, beide, groß und klein, stehen vor Gott, und Bücher wurden aufgetan. Und ein anderes Buch ward aufgetan, welches ist das Buch des Lebens. Und die Toten wurden gerichtet nach der Schrift in den Büchern, nach ihren Werken. Und so jemand nicht ward gefunden geschrieben in dem Buch des Lebens, der ward geworfen in den feurigen Pfuhl.‹«

Schweigend haben die Jungen zugehört. Aber es ist fast so, als seien diese gewaltigen Worte der Offenbarung zu groß für sie. Ich muss sie ihnen in ihre Sprache übersetzen: »Junge, wie heißt du?«, frage ich einen.

»Ich? Ich heiß' Eduard.«

»Also, Eduard, pass mal auf. Da steht also eine unübersehbare Menge vor diesem weißen Thron. Einer nach dem anderen wird aufgerufen. Auf einmal ruft ein Engel mit starker Stimme: ›Eduard!‹ Und dann steht der Eduard ganz allein vor Gott. Und da sagt Gott zu dem starken Engel Gabriel: ›Sieh doch nach, ob der Eduard im Buch des Lebens steht.‹ Und der Engel blättert in dem großen Buch und sucht – er schlägt die nächste Seite um – nichts! – er sucht weiter – die übernächste Seite – wieder nichts – er blättert weiter – und sucht …« Die Jungen halten vor Spannung den Atem an.

Und ich erzähle weiter. Über dem Erzählen wird es mir selbst von neuem ganz eindringlich groß, dass wirklich unser ganzes Leben und alle Welt- und Menschengeschichte auf das große Gericht Gottes zueilen, und wie ernst doch Gott uns nimmt, dass ein jeder sein Gericht erleben und erleiden muss. »Immer noch sucht der Engel Gabriel. Eine gewaltige Stille liegt über der ungeheuren Versammlung. Auf einmal ruft der Engel Gabriel laut: ›Da steht der Eduard im Buch des Lebens.‹«

»Junge, dat wär knöfte!«, sagt aufatmend der Eduard. »Knöfte« – das ist nun eins von den Jungen-Geheimwörtern, die die Erwachsenen meist nicht verstehen. Es bedeutet »herrlich«, »großartig«.

»Ja, Eduard«, sage ich, »das wäre knöfte, wenn dein Name einmal im Buch des Lebens stünde! Und ich will dir auch sagen, wie das geschehen kann: Schenke du nur dein ganzes Herz dem Herrn Jesus, von dem ich euch erzählt habe. Dann kann es dir nicht fehlen ... Aber da vorne sehe ich schon das Barackenlager. Das wird ja wohl die Soldatenwiese sein. Da danke ich euch auch recht herzlich für die Begleitung!«

Während die Jungen laut redend davonziehen, geht mir der liebe alte Vers durch den Sinn:

»Schreib meinen Nam'n aufs Beste
Ins Buch des Lebens ein,
Und bind mein Seel fein feste
Ins schöne Bündelein

Der'r, die im Himmel grünen
Und vor Dir leben frei:
So will ich ewig rühmen,
Dass Dein Herz treue sei.«

Dunkle Nachtstunde

Seltsam, wie still nachts um zwei Uhr die Großstadtstraßen sein können, die am Tag mit Lärm erfüllt sind! Schwarz und schweigend stehen die Häuser. Trübe scheinen die Lampen durch den dunklen Nebel.

Fröstelnd biege ich ein in die Straße, die zu dem Krankenhaus führt. Mitten in der Nacht hat mich das Telefon geweckt: Ein Sterbender verlangt nach dem Pfarrer. Aus einem Haus fällt Licht. Zankende Stimmen stören die Ruhe der Nacht. Um welche Kleinigkeit man sich dort wohl streitet?! Und in dem Krankenhaus schickt sich eine Seele an, in die Ewigkeit zu gehen.

Es ist so wunderlich: Ich sollte das Sterben doch gewohnt sein! Wie viele habe ich dahingehen sehen – auf Schlachtfeldern und auf Krankenbetten! Aber – es ist und bleibt eine erschütternde Sache, wenn der lebendige Gott ruft: »Kommt wieder, Menschenkinder!«

Ich muss mich beeilen! Bald stehe ich vor dem großen Gebäude. Der Pförtner weiß schon Bescheid und weist mich auf die richtige Station.

Und nun betrete ich das Krankenzimmer. Im Bett ein noch junger Mann. Seine Frau sitzt erregt bei ihm. Als sie mich sieht, springt sie auf: »Herr Pfarrer, geben Sie meinem Mann schnell das Abendmahl!«

Ich schaue auf den Patienten. Der Tod hat das Gesicht schon gezeichnet. Der Kranke nimmt keine Notiz mehr von meinem Kommen.

Nein! Ich werde den Mann nicht mehr mit einer Abendmahlsfeier quälen. Aber ich bin der Überzeugung, dass die Sterbenden unser Wort noch hören, auch wenn der Leib keine Zeichen des Verständnisses mehr gibt. Und darum will ich den Mann in die Ewigkeit begleiten mit meinem Gebet und mit den Worten der Gnade. Die Frau hält meine Hand fest: »Herr Pfarrer, Schnell! Geben Sie meinem Mann das Abendmahl!«

Ich schiebe sie beiseite. Ihre Unruhe ist bedrückend. Dann beuge ich mich zu dem Kranken und sage ihm ganz langsam das Bibelwort: »Das Blut Jesu Christi macht uns rein von aller Sünde …«

Langsam schlägt er die Augen auf und sieht mich an. Die Frau packt meinen Arm: »Schnell! Das Abendmahl!«

Wenn ich doch die Frau zur Ruhe bringen könnte! Ich führe sie auf den Korridor hinaus und versuche, ihr klar zu machen, dass ihr Verlangen sinnlos sei. »Sehen Sie, Ihr Mann ist schon viel zu elend. – Das Abendmahl quält ihn jetzt nur.«

Sie schluchzt auf: »Aber er soll doch selig werden!« Was soll man da sagen? »Frau!«, erkläre ich ihr erregt, »meinen Sie denn, eine äußerliche Zeremonie könne vom Gericht Gottes erretten? Wenn Ihr Mann den Herrn Jesus Christus kennt als seinen Heiland und an ihn glaubt, dann ist er errettet – auch wenn er jetzt nicht das Abendmahl nimmt. Und ohne Jesus –, da hilft auch kein Abendmahl!«

Aber sie lässt nicht nach! Sie erzählt, wie sehr ihr Mann nach dieser Feier begehre. Sie drängt …

Ach, ich war damals ein junger Anfänger im Amt. Auf der Universität hatte mich kein Mensch auf solche Fälle vorbereitet. Hilflos stand ich im Zweifel, was zu tun sei.

Dann gab ich nach.

Wir gingen in das Zimmer. Schnell richtete ich die Geräte. Der Mann war durch die leise Unruhe aufgewacht.

Still und – wie mir schien – gesammelt, war er jetzt ganz bei der Sache.

»Dies ist der Kelch des Neuen Testaments in meinem Blut, das für euch und für viele vergossen wird zur Vergebung der Sünden.« In der unendlich stillen Nachtstunde standen diese gewaltigen Worte wie Felsen der ewigen Errettung …

Betend wartete der Krankenwärter im Hintergrund. Ich kannte ihn als einen von Herzen gläubigen Christen. Als die Feier zu Ende war, sank der Mann befriedigt zurück in die Kissen. Ich verließ mit dem Wärter das Zimmer. Nun sollten die beiden Eheleute allein sein, um Abschied zu nehmen.

Aber – ich kam noch nicht fort. Der Wärter

verwickelte mich in ein Gespräch. Und ich ließ es gern geschehen. Mir war, als sei diese Sache noch nicht zu Ende. Es verging eine halbe Stunde. Alles war still.

»Wir wollen nach dem Kranken sehen«, sagte ich und öffnete die Tür.

Da bot sich mir ein verblüffendes Bild: Aufrecht saß der Mann im Bett. Lachend rief er uns zu: »Ich bin über den Berg. Es geht mir besser!« Und lachend und weinend warf sich seine Frau an seinen Hals.

Es war erstaunlich. Aber warum sollte das nicht stimmen? Es läuft mancher durch die Straßen, den die Ärzte einmal aufgegeben hatten. Und die Freude der beiden steckte einfach an. Da musste man sich mitfreuen.

Ich nahm die Hand des Kranken: »Wie glücklich bin ich, dass ich das miterleben darf.« Und nun ergriff mich dieser Wechsel der Situation mächtig. Ich musste noch ein Wort sagen: »Lieber Mann, als Sie an den Pforten der Ewigkeit standen, ist der Herr Jesus zu Ihnen gekommen mit seiner Gnade. Lassen Sie nun nicht mehr von diesem Heiland!«

Da ging auf einmal ein abscheuliches Grinsen über das Gesicht des Mannes – es war wie ein Flammenschein der Hölle. Spöttisch lächelnd sagte er: »Ach, das alles brauche ich doch nicht mehr. Ich lebe ja wieder!«

Erschüttert hörte ich diese unglaubliche Rede. Jedes Wort blieb mir in der Kehle stecken. Und während ich noch so stand, griff der Patient plötzlich nach seinem Herzen und – sank langsam zurück. Er war tot!

Da bin ich in die Nacht geflohen …

»Hinweg mit diesem Gott!«

An dem langen Bretterzaun steht eine Gruppe von Männern. Was wird dort schon los sein?! Wahrscheinlich verkauft irgendein »fliegender Händler« seinen »Gesundheitstee« oder »Patentkrawatten«! Diese Burschen können ja so hinreißend reden, dass sich immer eine neugierige Gruppe um sie versammelt.

Ich will schon vorbeigehen – da merke ich: Diese Sache ist ernster. Auf irgendeiner Erhöhung, die ich nicht erkennen kann, steht ein hagerer Arbeiter und redet auf seine Genossen ein. Da ich auf der anderen Straßenseite gehe, kann ich nur einzelne Fetzen seiner Rede hören: »… Dickbäuchige Aussauger … luxuriöse Villen … hungrige Kinder … Ausbeuterlöhne … arbeitslos … auf die Straße fliegen …!«

Das Herz krampft sich mir zusammen. Das hier ist eine politische Versammlung. Es ist ja so unendlich viel Not bei uns im Ruhrgebiet beieinander. Und diese Not hat hier eine wilde, hasserfüllte Stimme bekommen …

Auf einmal schrecke ich zusammen. Der Redner hat mich erspäht und erkannt: »Ha, da ist ja ein Pfaffe!«, ruft er. »Kommen Sie nur mal her! Wir müssen auch einmal miteinander reden! Ich habe Sie was zu fragen!!«

Sehr liebenswürdig klingt die Einladung ja nicht. Aber wenn man nicht empfindlich ist, kann man seine Worte doch immerhin als eine Einladung ansehen. Also gehe ich auf den Haufen zu.

Die Männer machen mir Platz, ich gehe durch die Menge, die sich hinter mir wieder dicht zusammenschließt. Und dann stehe ich vor dem Redner. Jetzt sehe ich, dass er auf einem Erdhaufen steht. Außerdem ist er ein beträchtliches Stück größer als ich. So muss ich recht zu ihm hinaufsehen. Nun, es ist einem Pfarrer sehr heilsam, wenn er einmal unten zuhören muss, und die anderen stehen auf der Kanzel.

Da legt er los: »Ich frage Sie, Sie Vertreter Gottes! Wie kann Ihr Gott schweigend zusehen, wenn so viel Unrecht geschieht …?« Und nun schildert er die Elendswohnungen; die Sorgen der Mütter, die ihre Kinder nicht sättigen können; die Verzweiflung der Erwerbslosen, die ihre Tage unnütz verdämmern müssen; den Jammer der Bergleute, die in der harten Arbeit eine Gesteinstaublunge bekommen haben und nun in den besten Mannesjahren elend und arbeitsunfähig dahinsiechen …

Und daneben stellt er den Luxus der Besitzenden, den Hochmut der so genannten Gebildeten …

»Nur zu!«, muss ich denken. »Es ist ja wahr, was du sagst! Es muss ja mal gesagt werden …«

Langsam merkt er offenbar, dass ich ihm innerlich gar nicht opponiere. Das ist aber nicht der Sinn seiner Rede. Er hat mich ja als seinen Feind hergeholt. Und nun fällt ihm offenbar auch ein, womit er mich wütend machen kann.

»… Und dazu schweigt Ihr lächerlicher Gott! Und die Kirche ist nur ein Instrument in der Hand der Ausbeuter. Oh, Ihr Gott! Den gibt es ja gar nicht! Damit machen wir nun Schluss! …« Ich schüttele den Kopf.

»… Was, Sie meinen, es gäbe wirklich einen Gott? Dann will ich Ihnen mal was erzählen! Machen Sie Ihre Ohren gut auf! Wenn es also Ihren Gott gibt, dann werde ich ihm ja mal begegnen nach meinem Tod …«

Ich nicke nur. Zu mehr komme ich nicht.

»Also, ich werde ihm begegnen? Gut! Darauf freue ich mich! Da werde ich nämlich auf diesen Gott zugehen und werde ihm sagen: ›Du hast gewusst, dass Kinder verhungern, während andere alles haben, und hast nichts getan! Du hast

Kriege zugelassen, in denen die Unschuldigen leiden mussten, und die Schuldigen brachten lachend ihr Schäfchen ins Trockene! Du hast geschwiegen zu all dem Jammer, dem Unrecht, der Bedrückung, der Ausbeutung!‹ Ja, das alles will ich Ihrem Gott mal unter die Nase reiben ... Und wissen Sie, was ich dann zu ihm sage? Dann heißt es: Du Gott! Hinweg! Herunter von deinem Thron! Hau ab ...«

So! Nun hat er es erreicht, dass auch ich zornig werde. Ich falle ihm ins Wort: »Gut! Ich werde mitrufen zu diesem Gott: Herunter von deinem Thron! Hau ab!« Es ist auf einmal ganz still. Erstaunt sieht mich der Redner an. Er hat wohl das peinliche Gefühl, er hätte sich irgendwie geirrt und ich sei gar nicht der Pfarrer. Es ist fast zum Lachen, wie verblüfft alles dreinschaut. Und damit hat sich die Atmosphäre auf einmal geändert, so dass man vernünftig miteinander reden kann. Solch eine Gelegenheit muss ich nutzen:

»Sehen Sie mal, ein Gott, der sich von Ihnen so antrompeten lässt, müsste ja wirklich ein lächerlicher Gott sein. Nein! Den gibt es nun wirklich nicht. Der existiert nur in Ihrem Kopf. Ein Gott, der sich von Ihnen zur Rechenschaft ziehen lässt, – ein Gott, vor dem Sie als Richter stehen und er ist der Angeklagte – ... ach nein! Solch einen Gott gibt es nur in ganz verwirrten Köpfen. Und da kann ich nur sagen: ›Hinweg mit diesem

Gott! Mit dem muss endlich Schluss gemacht werden!‹«

»Aber – Sie sind doch Pfarrer«, stammelt etwas erschrocken der Redner.

»Gewiss, das bin ich! Aber darum will ich Ihnen sagen …« – und nun erhebe ich meine Stimme, dass alle gut hören können – »darum will ich Ihnen bezeugen: Es gibt einen anderen, wirklichen Gott. Den ziehen nicht Sie zur Rechenschaft. Sondern der stellt uns vor sein Gericht. Und da wird Ihnen das Wort in der Kehle stecken bleiben! Es gibt keinen Gott, zu dem Sie sagen könnten: ›Hinweg mit Dir!‹ – Aber es gibt einen heiligen, lebendigen, wirklichen Gott. Und der könnte mal zu Ihnen sagen: ›Hinweg mit dir! …‹«

Nun, es ist ein raues und heftiges Gespräch geworden. Aber den Männern ist das recht. Ich sehe, dass sie mir zuhören. Und daran erkenne ich, dass sie nicht politische Fanatiker sind, sondern Männer, welche die harte Not drückt. Darum kann ich noch ein paar Worte anbringen: »Ich verstehe nicht, dass Sie Ihren Kampf um soziale Gerechtigkeit beschmutzen, indem Sie den Kampf gegen Gott aufnehmen. Ich meine vielmehr, wenn man ›Gerechtigkeit‹ fordert, dann kann man das eigentlich nur im Namen Gottes tun. Und damit bekommt die ganze Sache für die Fordernden wie für die Hörenden ein völlig anderes Gewicht.«

Damit nehme ich Abschied, und die improvisierte Versammlung löst sich auf …

Die Geschichte von den Brötchen oder Ein weltanschaulicher Kampf um ein Frühstück

Sturm und Regen wüteten. Die Berge des Sauerlandes waren von Wolken und Nebel verhängt.

Doch meine 150 rauen Burschen, die unverdrossen hinter mir herzogen, sangen: »… Regen, Wind, wir lachen drüber …«

Es war eine wild zusammengewürfelte Schar. Auf den einsamen Höfen verschlossen die Bauern erschrocken die Türen. Sie dachten wohl, jetzt sei wieder einmal eine Revolution ausgebrochen.

Wir lachten. Denn wir waren in einer unendlich friedlichen Stimmung …

Jetzt bin ich mit meiner Geschichte ein wenig festgefahren. Denn wie soll ich mit ein paar Worten erklären, wie es zu dieser wunderlichen »Fahrt« kam? Da müssen wir schon weiter ausholen, und der Leser muss ein wenig Geduld haben:

Es war im Jahre 1931. Das deutsche Volk war aufgespalten in unendlich viele politische und weltanschauliche Parteien, die sich mit fanatischem Hass gegenseitig bekämpften. Und dabei nahm die Not täglich zu. Die Zahl der Erwerbslosen war ins Unermessliche gestiegen.

Da saß eines Tages ein junger Erwerbsloser vor mir. Sein Gesicht drückte hoffnungslose Verzweiflung aus: »Sehen Sie! Wenn ich jetzt in die Ruhr springe, entsteht gar keine Lücke. Jeder ist nur froh, dass ich weg bin. Dann ist mein Vater mich los, der mich jeden Tag als einen unnützen Esser bezeichnet. Und der Staat spart die Unterstützung.

Wissen Sie, wie das ist, wenn man völlig überflüssig ist?!«

Da begann ich zu überlegen: Es gibt doch noch einen Stand, der keine produktiven Werte schafft und der doch dieses entsetzliche Gefühl der Wertlosigkeit nicht hat: Das sind die Studenten. Wie wäre es, wenn ich diese Erwerbslosen in Studenten verwandelte?! Das wäre immerhin eine seelische Hilfe! Gewiss, sie ist gering! Aber das Ausmaß der Dunkelheit darf uns nicht hindern, unsere kleine Kerze anzuzünden.

So gründeten wir die »Universität für Erwerbslose«. Das wurde eine schöne und fröhliche Sache! Bald versammelten sich jeden Morgen fünfhundert strebsame junge Männer in den Räumen des großen Jugendhauses zu ernster Arbeit. Da gab es Gruppen für Englisch, Französisch, Mathematik, Landwirtschaft, Musik, Stenographie, Esperanto, Architektur, und was man sich nur denken kann. Die Dozenten waren ebenfalls Erwerbslose.

Es war einfach köstlich zu beobachten, wie die bedrückten Seelen auflebten.

Den Höhepunkt aber bildete in jeder Woche eine »Weltanschauungs-Stunde«. An der nahmen alle Studenten teil.

Welch unerhörte Spannung lag über dieser Versammlung! Wir begannen jedes Mal damit, dass ich etwa zwanzig Minuten lang das Evangelium verkündigte. Dann folgte die Aussprache.

Oh, diese Diskussion! Die Engländer behaupten mit Recht, dass wir Deutschen schlecht diskutieren können. Das ist unsere Stärke und unsere Schwäche: Es fehlt uns die kühle Objektivität. Auch diese jungen Männer waren mit zitternder Erregung an dem Gespräch beteiligt. Da waren junge Kommunisten, SA-Leute in der braunen Uniform, Stahlhelmer und sozialistische Falken, Nihilisten und Christen, Narren und Weise, Fanatiker und Zyniker, Atheisten und Jesus-Jünger, Sektierer und Idealisten.

Oft verwandelte sich der Saal in ein tobendes Schlachtfeld. Und ich musste wie ein Löwenbändiger dazwischenspringen und den erregten Männern klar machen, dass sie ja jetzt Studenten seien, dass sie also nicht mit Stuhlbeinen, sondern nur mit den Waffen des Geistes zu kämpfen hatten. Da löste sich oft alles in ein fröhliches Gelächter auf.

In einem aber waren sich fast alle einig: Das Evangelium wurde in den ersten drei Minuten schon vom Tisch gewischt. Nun ja, der Pfarrer musste wohl so reden! Aber diese überalterte Sache hatte nichts ernsthaft etwas zu bedeuten! Und dann kamen die politischen Ideologien! Die Lehre von Lenin! Die Lehre von Hitler! Die Wirtschaftslehre von Silvio Gesell! Karl Marx! Das wimmelte nur so von Fachausdrücken, großen Ideen, wirtschaftlichen Lösungen! Und ich stand ganz klein und dumm da mit meinem schlichten Evangelium von dem Heiland der Sünder. Was sollte das noch hier bei dieser Schar! Jeder hatte das Rezept zur Welterlösung fertig in der Tasche!

Und so wäre es wohl geblieben, wenn sich nicht die Sache mit den Brötchen ereignet hätte. Und das kam so:

Eines Tages beschlossen wir, einen zweitägigen Ausflug ins Sauerland zu machen. An dem Morgen, als wir losziehen wollten, war das Wetter sehr zweifelhaft. So erschienen nur hundertfünfzig Unentwegte.

Das wurde eine unvergessliche Fahrt!

Seit ich denken kann, habe ich solch einen Dauerregen nicht erlebt. Aber wir waren nun einmal entschlossen, unseren Plan durchzuführen. So ging's von Hagen nach Letmathe. Die herrliche Dechenhöhle war trocken. Und so waren die seltsamen Tropfsteingebilde dort eigentlich das Einzige, was wir an jenem Tag zu sehen bekamen. Alles andere verschwand in Nebel und Wasser.

Schließlich landeten wir singend und pudelnass in einer Jugendherberge. Jeder Fahrtenbruder weiß ja, wie es nun zuging. Fröhliches Gewimmel! Kleider wurden am dampfenden Ofen getrocknet. Und nach dem Abendbrot saßen wir gemütlich und leicht müde um den Kamin herum. Ich wollte eben von einer Reise nach Amerika erzählen, da erschien ein Bäckerlehrling:

»Einen schönen Gruß vom Meister! Und ob einer der Herren morgen früh Brötchen wolle. Er gäbe vier Stück für zehn Pfennig ab.«

Nachdenklich saßen meine Gefährten da. Ich konnte auf ihren Stirnen lesen: Ein Groschen! Viel Geld für einen Arbeitslosen! Dafür konnte man drei Zigaretten bekommen – »Eckstein dreieindrittel Pfennig«! Aber so frische, knusprige Brötchen! Gewiss! Aber – es gab ja doch Brot zum Frühstück. –

Schließlich entschlossen sich etwa fünfzig Mann, die Brötchen zu bestellen.

So – nun konnte ich erzählen! Es wurde sehr gemütlich. Schließlich konnte ich sogar eine Abendandacht halten. So freundlich war die Stimmung!

Als ich alle im Bett wusste, atmete ich auf. Friedlich schlief nun der Kommunist neben dem Nazi und der zünftige Pfadfinder neben dem Mann, der mit – leider nun völlig zerstörten – Bügelfalten losgezogen war.

Ich ging in mein Zimmer und fiel in einen tiefen Schlaf. Da träumte ich, ich sei in einen Volksaufruhr geraten. Brüllend wälzten sich die Massen durch die Straßen. Ich fuhr auf. Ich war ganz wach!

Es war schon Tag. Ich hatte verschlafen. Aber – was war das? Der Volksaufruhr war offenbar schreckliche Wirklichkeit: Ich hörte tobendes Geschrei, wildes Geraufe …

Wie ich war – im Schlafanzug – stürzte ich hinaus und sah die Bescherung: Der süße Friede vom Abend war völlig dahin. Eine Schlacht aller gegen alle war entbrannt.

Mit Mühe brachte ich in Erfahrung, was sich ereignet hatte: Da war am Morgen der Bäckermeister mit den zweihundert Brötchen erschienen. Diese frischen Brötchen hatten lieblich geduftet. Und überhaupt – am Morgen sah die ganze Sache anders aus. Da hatten sich kurz entschlossen die Zigarettenfreunde vom Abend auf die köstliche Ware gestürzt, hatten dem Bäcker die Brötchen aus der Hand gerissen. Und viele, die am Abend bestellt hatten, waren leer ausgegangen. Das ließen die sich natürlich nicht gefallen. Und dann war der Krach da. Und weil man doch schon mal am Raufen war, kamen alle anderen Spannungen gleich mit zum Austrag. Es ging nun »in einem Aufwasch«.

Meine verschlafene Gestalt, mein wildes Dazwischentreten, meine mir selbst erstaunliche Entschlossenheit (sie kam aus einer großen Verzweiflung!) erregten allmählich Aufsehen, und ich konnte mir endlich Gehör verschaffen.

Kategorisch stellte ich die Forderung: »Jetzt werden erst mal alle Brötchen an mich abgeliefert.« Es gab einen kleinen Kampf, stilles Ringen in Jungmännerherzen, freundliche Reden von mir – und dann lag ein Berg von Brötchen vor mir.

Dann die Frage: »Wer will nun eigentlich Brötchen?« Es meldeten sich alle. Ich traf wie ein Feldherr meine Anordnungen:

»Jetzt bekommt erst mal jeder eins. Und dann holt mir den Bäcker!«

Der tief erschrockene Meister wurde irgendwo aufgestöbert. Vor versammelter Mannschaft stellte ich ihm die entscheidende Brötchen-Frage: »Sind Sie imstande, uns in einer halben Stunde noch vierhundert Brötchen zu verschaffen?« Er war imstande! Gepriesen sei der wackere Mann!

Ach! Dieses friedliche Frühstück! Und dann stellten wir mit Begeisterung fest, dass ein herrlicher Tag inzwischen angebrochen war: Die Vögel sangen, die Sonne schien, die Blumen blühten, die Bäume rauschten. Die Welt war doch schön!

Unter einer alten Linde versammelten wir uns zur Morgenandacht. Das hielten meine rauen Gefährten sicherlich für einen Spleen ihres Pastors. Aber immerhin gab sich der Mann ja viel Mühe! Und warum also sollte man ihn nicht anhören. Schließlich war man ja kein Unmensch!

Die Braven! Sie ahnten nicht, was ihnen bevorstand. Ich sprach über das Wort Jesu: »Siehe, ich mache alles neu.«

»Freunde!«, sagte ich, »in einer Forderung sind wir uns alle einig: Die Welt muss anders werden. Ja, sie muss anders werden! Seit einem halben Jahr nun höre ich in jeder ›Weltanschauungsstunde‹, wie jeder von euch ein fertiges politisches und wirtschaftliches Rezept in der Tasche hat zur Erlösung der Welt. Oh, ich war oft erstaunt, welch große Ideen ihr da habt. Aber – nun bin ich enttäuscht. Ihr, die ihr meint, die Welt erlösen zu können mit euren Ideologien, ihr könnt nicht mal zweihundert Brötchen im Frieden verteilen! Was soll ich dazu sagen? Es war bei uns heute Morgen wie in der Welt im Großen: Güter waren genug vorhanden. Bei gutem Willen konnte jeder satt werden. Und was wurde? Krieg und Geschrei! Nehmt es mir nicht übel: Ich glaube an eure Ideologien nicht mehr. Was helfen sie, wenn sie so kläglich versagen im Kleinen! …«

Schweigend saß das junge Volk da. Wirklich, sie waren erschüttert. Keiner wagte, etwas zu sagen. So fuhr ich fort:

»Und warum ist es so geschehen? Weil jeder nur an sich selbst dachte. Euer böses und selbstsüchtiges Herz hat euch einen Streich gespielt und alles verdorben …« Ich sah ihnen an, dass sie mir Recht gaben. Immer noch schwiegen sie. »Ihr habt immer getan, als sei die Bibel ein dummes, völlig überholtes Buch. Nun sage ich euch: Die Bibel hat Recht! Denn sie sagt: Es wird nur anders, wenn unsere Herzen anders werden, wenn du und ich neu werden, wenn wir befreit werden von unserer furchtbaren Selbstsucht! …«

Es war eigentlich ein herrlicher Gottesdienst. Der Sommerwind rauschte in der alten Linde, und der Gesang der Vögel störte uns nicht. Er unterstrich nur die Stille. Das Schönste aber war diese Gemeinde: Junge Männer, denen etwas dämmerte von der Brüchigkeit ihrer Ideologien, die ihnen bisher als die Lösung aller Welträtsel erschienen waren.

»Freunde!«, rief ich bewegt, »ihr irrt, wenn ihr die Bibel für ein überholtes Buch haltet! Hier wird uns gezeigt, wie Herzen neu werden. Da finden wir den Mann, den Gott gesandt hat, der durch sein Blut und durch seinen Geist uns ganz umgestaltet und neu macht – Jesus Christus! …«

Die Sonne schien so hell und strahlend. Aber –

was war ihr Glanz verglichen mit der Herrlichkeit des Sohnes Gottes, die über diesen armen jungen Männern aufging!

Wie ein starkes Gebet erklang zum Schluss unser Lied:

»Morgenglanz der Ewigkeit,
Licht vom unerschaffnen Lichte,
Schick uns diese Morgenzeit
Deine Strahlen zu Gesichte,
Und vertreib durch deine Macht
Unsre Nacht!«

Von da an begann es, dass die »Universität für Erwerbslose« auf die Botschaft der Bibel hörte.

Das Faktum

Obwohl es nun schon mehrere Jahre her ist, sehe ich diesen Urkerl immer noch vor mir: kariertes Hemd, das am Hals offen ist, Hände wie Schaufeln, eine Locke quer ins Gesicht und ein paar kluge, muntere Augen, die mich zuerst ziemlich spöttisch ansahen. Das gelang ihm auch besonders gut, weil er einen Kopf größer war als ich und also recht verachtend auf mich herunterschauen konnte.

Wir hatten uns irgendwo getroffen und waren dabei ins Gespräch gekommen. Ja, und da hatte es sich eben herausgestellt, dass ich ein Prediger des Evangeliums bin. Unverfroren lachte er mir ins Gesicht, dass seine großartigen Zähne nur so blitzten, und dann sagte er: »Sehen Sie, mit all dem frommen Gesäusel und den christlichen Lehren und all dem Reden von Gott kann ich wirklich nichts anfangen! Da hat man ja am Ende nichts in der Hand. Wissen Sie, wie ich bin? Ich brauche ein Faktum. Zeigen Sie mir ein Faktum! Aber bleiben Sie mir mit allen großen Worten vom Leibe!« Und dabei streckte er mir seine mächtige Pranke entgegen, als wenn er sich das »Faktum« hineinlegen lassen wollte.

»An mein Herz!!«, rief ich. »Sie sind mein Mann!« Etwas erstaunt sah er mich an. »Nanu?! Ihr Christen mögt doch im Allgemeinen so raue Burschen nicht gut leiden. Eure ganze Angelegenheit ist doch mehr für kleine Kinder.«

Jetzt musste ich lachen. »Im Gegenteil, lieber Mann! Ich suche schon lange einen Burschen, der nach einem Faktum fragt. Denn das Faktum ist da. Ein unerhörtes und gewaltiges Faktum. Und wenn die Welt nicht so langweilig und verschlafen wäre, dann würde ihr der Atem wegbleiben vor Erstaunen – solch ein Faktum ist das!« Jetzt schaute er mich ganz groß an: »Das Christentum hat es mit einem Faktum zu tun??!«

»Ja, ja, ja!!! Und dieses Faktum ist: Jesus ist von den Toten auferstanden.«

»Soll das wahr sein?«

»Ja, das ist so wahr wie die Tatsache, dass Sie und ich jetzt miteinander sprechen.«

Glaubensgewissheit und Autoritätsglaube oder Das Apostolikum auf dem Werkshof

Wenn mein Freund Hennes einem die Hand drückt, dann weiß man, was man hat – sowohl am Händedruck als auch an dem ganzen Mann.

Hennes betont manchmal mit Nachdruck: »Ich bin nur ein einfacher Arbeiter!« Aber ich wünschte wohl, dass alle »Gebildeten« solch einen weiten Blick und solch eine innere Freiheit hätten wie Hennes.

»Hennes« – das ist die Abkürzung von Johannes. Die rheinische Abkürzung! Und ein richtiger vergnügter Rheinländer ist er auch.

Er steht mir sehr nahe. Mit ein paar anderen Männern kommt er an jedem Sonntagvormittag vor dem Gottesdienst in meine Sakristei. Dann rufen wir zusammen unseren himmlischen Vater an, dass er sein Wort mächtig mache in dem Gottesdienst.

Aber nun wird mein Leser schon ungeduldig. Denn er will ja nicht den Hennes kennen lernen, sondern die Geschichte hören, die sich damals auf dem Kruppschen Werkshof abspielte.

»Damals« – das war im Jahre 1934, als die germanischen Religionsunternehmungen in Deutschland hervorsprossten wie das Gras nach dem Regen. Professoren und Gauleiter, Generalsfrauen und HJ-Führer wetteiferten darin, ihre abstrusen Ideen als nordische Religion anzupreisen. Das arme Volk aber wartete, für welche der vielen Richtungen »der Führer« sich nun entscheiden würde. Nur eines war klar: Das Christentum war abgetan.

Damals also geschah es, dass in einer Werkspause Hennes mit einer großen Schar von Arbeitern im Fabrikhof stand. Man unterhielt sich. Und bald kam das Gespräch auch auf die Religion.

Da war namentlich einer, der sich mächtig wichtig nahm. Der redete große Worte. Und dann ergoss er seinen Spott über den Hennes, der »immer noch« zur Kirche ginge. Aber damit sei es nun bald zu Ende.

Hennes antwortete, so gut er es konnte. Die Diskussion wurde schnell heftig. Immer mehr Arbeiter drängten sich um die beiden.

Da sagte Hennes: »Ich habe den Eindruck, dass wir aneinander vorbeireden. Jetzt sollte zuerst einmal jeder von uns beiden klar sagen, was er denn eigentlich glaubt, damit unsere Standpunkte klar werden. Ich will den Anfang machen. Und dann sagst du, was du glaubst.«

Und dann legte Hennes laut und vernehmlich los: »Ich glaube an Gott, den Vater, den Allmächtigen, Schöpfer Himmels und der Erden. Und an Jesum Christum, Gottes eingeborenen Sohn ...«

Es wurde sehr still. In der Kirche – ja, da war dieses apostolische Bekenntnis oft gesprochen worden ... Aber hier? Zwischen Werkshallen auf dem Fabrikhof? Unter rauen Männern im Arbeitskleid?

Hennes ließ nichts aus: »... Vergebung der Sünden, Auferstehung des Fleisches und ein ewiges Leben. Amen! – So, das ist mein Glaubensbekenntnis. Und nun kommst du dran! Sage uns dein Bekenntnis!«

Der andere fing an zu stottern: »Hör mal, ... pass mal auf! ...«

Aber nun war Hennes eiskalt: »Nix – pass mal auf! Du sollst uns sagen, was du glaubst!«

Wieder fing der andere an zu stottern: »Also – mit dem Christentum – das ist doch – das geht doch nicht ...« Hennes war unerbittlich: »Du sollst nicht sagen, was am Christentum verkehrt ist. Dass du gegen uns bist, haben wir ja nun begriffen. Du sollst uns jetzt positiv sagen, was du denn glaubst. Los, fang an!«

Atemlos lauschte ringsum das Volk dem Wortgefecht. Jetzt kamen ermunternde Stimmen: »Los, Karl! Sag es doch!« Der stand mit einem puterroten Kopf da. Endlich brach es aus ihm heraus: »Was ich glaube?! Was ich glaube?! – Ja, das ist noch nicht ganz raus! Da arbeiten sie noch dran in Berlin! …«

Da brach ein Gelächter aus. Und in das Lärmen und Lachen hinein schrie der Ärmste zornig: »Wenn es aber raus ist, dann glaub ich dran! Darauf könnt ihr euch verlassen! …«

Das bezweifelte nun keiner …

Ich habe oft gedacht, man müsste es mehr machen wie der Hennes. Man müsste die Widersacher des Evangeliums nach ihrem eigenen Glauben fragen. Da käme es dann schnell heraus, dass die meisten groß sind im Negativen. Aber wenn es darum geht, etwas Positives vorzubringen, sind sie meist sehr, sehr arme Leute.

O Hennes! Ich würde dir einen Lehrstuhl für praktische Theologie geben!

»Das Gewissen … ach ja, das Gewissen!«

Unvermutet stehe ich einem hoch gewachsenen Herrn gegenüber. Ich schaue in das kluge, aufgeschlossene Gesicht. Meine Gedanken rennen aufgeregt durcheinander: »Den kennst du doch! Das ist doch ...«

Und dann weiß ich auf einmal, wer es ist. Im Geiste sehe ich mich in einem großen Konzertsaal. Eine festliche und erwartungsfrohe Menge füllt ihn bis zum letzten Eckchen. Auf dem Podium stimmen die Musiker ihre Instrumente. Rings um das Orchester bilden die Chöre einen ornamentalen Rahmen: Die Frauen in Weiß, die Männer in feierlichem Schwarz.

Auf einmal brandet ein gewaltiger Beifall auf: Der bekannte und beliebte Dirigent ist erschienen. Mit großen Schritten eilt er zu seinem Pult, ergreift den kleinen Stab, erhebt die Arme – totenstill wird es in dem Saal.

Und dann erklingen die unendlich ergreifenden Töne der Bachschen »Matthäus-Passion«: »Kommt, ihr Töchter, helft mir klagen ...« in meisterhafter Vollendung. –

Ja, so ist es: Dieser berühmte Dirigent, den ich selbst so hoch schätze, steht vor mir.

Ich ergreife die Gelegenheit, ihm für alles zu danken, was er mir geschenkt hat. Namentlich für die herrliche Wiedergabe der Bachschen »Matthäus-Passion«. »Ja«, sagt er, »es ist eine seltsame Zeit, die wir erleben. Es ist, als wenn die Menschen etwas Tieferes suchten. Sehen Sie: Wenn ich ein Konzert mit leichter Musik ankündige, dann ist der Saal halb voll. Wenn ich aber die ›Matthäus-Passion‹ gebe, dann sind zwei Aufführungen überfüllt.«

»Ja, es ist eine Unruhe über die Menschen gekommen«, erwidere ich. »Sie fangen an zu begreifen, dass nur das Evangelium Antwort auf unsere Lebensprobleme geben kann ...« Aufmerksam hört er mir zu. Aber sein Gesicht ist mit sieben Siegeln verschlossen. Um ihn aus seiner Reserve herauszulocken, setze ich etwas spöttisch hinzu: »Es ist nur bedauerlich, dass unser gebildetes Bürgertum von alldem so wenig merkt.«

Erstaunt mustert er mich, als wenn er fragen wollte: »Soll unser Gespräch denn mehr sein als eine höfliche Unterhaltung?«

Und dann sagt er: »Sie unterschätzen unseren Ernst. Sehen Sie: Jedes Mal, wenn ich die ›Matthäus-Passion‹ dirigieren muss, lese ich vier Wochen lang nur das Matthäus-Evangelium.«

Ärgerlich winke ich ab: »Wenn Johann Sebastian Bach zufällig den Koran vertont hätte, würden Sie vier Wochen lang dieses Buch lesen!«

Jetzt schaut er mich ratlos an. Und da mache ich wie ein Fechter nun einen offenen Ausfall: »Ich meine: Wann werden die Gebildeten in unserem Volk, also Leute wie Sie, endlich begreifen, dass sie ohne das Evangelium nicht leben können!«

Er springt auf: »Nun, wenn wir hier so offen

reden, dann will ich Ihnen einmal sagen, was ich in dieser Sache denke!«

»Herrlich! Herrlich!«, rufe ich fröhlich, »zwei gebildete Bürger wollen ohne höfliche Verstellung miteinander reden! Wenn das nicht großartig ist!«

Er lächelt und wird dann auf einmal sehr ernst. Denn er begreift als ein kluger Mann wohl, dass konventionelle Höflichkeit eine unheimliche Waffe sein kann gegen das »Wort der Wahrheit«, und dass ein Prediger des Evangeliums diese geschmeidige Waffe mehr verabscheuen muss als den brutalen Angriff der primitiven Gottlosigkeit.

»Also, die Sache ist so«, sagt er langsam, als wenn er nun jedes Wort noch einmal prüfen wollte, »wenn ich ein Wort des Johannes-Evangeliums lese – das ist ganz groß! Ganz groß und herrlich! Aber wenn ich Bruckners dritte Symphonie höre – das ist größer! Ja, das ist größer! Denn – das Wort ist nicht das Letzte!«

So, nun ist es heraus. Und einen Augenblick lang liegt zwischen uns eine große Stille. Denn es ist schon eine besondere Sache, wenn ein Mann sein Herz offenbart. Aber ich darf diesen Satz nicht so stehen lassen. Denn ich bin davon überzeugt, dass gerade in dieser Haltung ein Grund für die geistige Katastrophe des Abendlandes liegt. Darum unterbreche ich das Schweigen:

»So, das Wort ist nicht das Letzte? Ich fürchte, Sie haben den tiefsten Grund der inneren Unruhe unserer Zeit noch gar nicht erkannt. Wir sind ein ruchloses Jahrhundert, wie seit der Renaissance keins mehr gewesen ist; die Menschen unserer Zeit sind unendlich schuldig geworden. Und die tiefste Ursache aller Unruhe ist – das böse Gewissen. Gott ist für unsere Zeit noch nicht so tot, dass er nicht die Gewissen beunruhigte …«

Geradezu erschrocken starrt er mich an. Ich fahre fort: »Und sehen Sie! Da kann sogar Ihre beste Musik vielleicht die Rolle von Morphium spielen. Was unsere Zeit aber braucht, ist nicht Morphium für die Gewissen, sondern Heilung der Gewissen. Und da hilft nur ein Wort, nämlich ein klares Wort Gottes. Etwa das Wort: ›Das Blut Jesu Christi, des Sohnes Gottes, macht uns rein von aller Sünde.‹«

Deutlich sehe ich ihn noch vor mir, wie er an die Verandatür gelehnt dastand. Meine letzten Worte hatte er gar nicht mehr aufgenommen. Als wenn er in ein neues Land schaute, sagte er nur immer wieder: »Das Gewissen! … Ach ja, das Gewissen! Das … gibt es auch noch?! Das habe ich ja ganz vergessen! – Das Gewissen!«

Ohne Abschied ging ich weg. Ich glaube, er hat es gar nicht gemerkt …

»Dös is schad!«

Während des Krieges kamen allerlei Soldaten für längere oder kürzere Zeit nach Essen. Darunter waren Christenleute, die meinen Namen irgendwie gehört hatten und mich nun aufsuchten.

Aus solchen Besuchen hatte sich im Laufe der Zeit ein Soldatenkreis entwickelt, der sich an einem bestimmten Wochentag in meiner Wohnung zusammenfand. Da betrachteten wir Gottes Wort, tauschten unsere geistlichen Erfahrungen aus und hielten schließlich eine gemeinsame Abendmahlzeit mit dem Kärglichen, das uns zugeteilt war.

Obwohl der Kreis beständig wechselte, entstand hier doch eine enge Gemeinschaft. Und uns allen, die wir an jenen Abenden teilgenommen haben, erscheinen sie in der Erinnerung noch wie eine liebliche Oase in den wüsten Kriegszeiten.

Eines Tages fand ein neuer Mann in mittleren Jahren zu uns. Seine Sprache verriet ihn gleich als einen Bayern. Er hatte eine stille, feine, zurückhaltende Art. Erst im Laufe der Zeit kamen wir dahinter, dass er ein außerordentlich gebildeter Mann war, der unsagbar Schweres durchgemacht hatte. Um seines freimütigen Bekenntnisses willen hatte er lange Zeit im Konzentrationslager gesessen. Schließlich hatte man ihn entlassen und dann gleich zum Militär eingezogen. Unter den rohen Vorgesetzten galt er natürlich als verdächtiger KZ-Sträfling. Und so hatte er sich wohl angewöhnt, ein stilles und zurückgezogenes Leben zu führen.

Eines Abends aber taute er auf. Und da berichtete er uns ein kleines Erlebnis, das uns allen tiefen Eindruck machte.

Er lag in einer Stube, die mit etwa zehn Soldaten belegt war. Da ging es laut her. Besonders aber ein junger Mann, der aus Hamburg kam, führte das große Wort. Der war offenbar durch alle Pfützen der Großstadt gegangen. Und nun erfüllte er die Stube mit seinen schmutzigen Reden. Da hagelten die Flüche und Zoten. Und das übrige Volk zollte ihm begeisterten Beifall. Auf den stillen Mann aber, der sein Bett in einer Ecke hatte, nahm man weiter keine Rücksicht.

Eines Tages war die Post verteilt worden. Die Soldaten auf ihren Stuben öffneten ihre Päckchen und lasen die Briefe. Auch der Hamburger hatte ein Paketchen bekommen. Irgendein Mädchen hatte wohl an ihn gedacht. Und während er stolz den Inhalt vorzeigte – Zigaretten und Bonbons –, erzählte er wichtigtuerisch von seinen vielen und gemeinen Liebschaften.

Da kam der Punkt, wo der stille Mann es nicht mehr ertrug. Zum Erstaunen aller trat er auf einmal vor und sagte in seiner schweren und nachdrücklichen Art: »Was bist du für ein armer

Kerl! Wenn's so dreckig aus dir herausfließt, wie muss es erst in dir drin aussehen! Es ist schad um dich!« Damit ging er aus der Stube. Und seltsamerweise war es auf einmal totenstill, während er die Tür hinter sich zuzog.

Er war auf dem Korridor noch nicht weit gekommen, da lief der andere hinter ihm her: »Kamerad! Halt mal!« »Was gibt's?«

»Du sagst, es sei schade um mich! So etwas hat mir noch niemand gesagt. Das – ja, wie soll ich es sagen? – das sieht aus, als ob ich einen Wert gehabt hätte. Ich verstehe das nicht. – Sag mal, was meinst du damit?«

Der stille Mann blieb stehen. Und dann sagte er wieder in seiner merkwürdig nachdrücklichen Art: »Gott hat aus dir etwas machen wollen. Auch du bist von ihm geschaffen. Und jetzt – so ein Schmutz! Dös is schad! Ja, Kamerad, wenn man weiß, dass Gott etwas mit dir wollte, dann kann man nur sagen: Es ist schad um dich!«

Gleich darauf musste man zum Appell antreten. Der stille Mann ging an seinen Platz. Auf einmal, während die Reihen sich formierten, fühlte er, dass einer von hinten seine Hand ergriff. Und dann wurde ihm ein Bonbon hineingedrückt. Als er sich kurz umschaute, stand der rohe Hamburger hinter ihm.

Jetzt war allerdings keine Zeit für ein Gespräch. Aber als der Appell zu Ende war, fragte der stille

Mann: »Warum tust du ausgerechnet mir etwas Gutes? Ich habe dir doch hart die Meinung gesagt.«

Da brach es aus dem heraus: »Du bist der Einzige, der mich in meinem Leben ernst genommen hat! Du meinst ja wirklich, dass ich einen Wert haben könnte!«

So berichtete in unserem Soldatenkreis der stille Mann. Lange Zeit sagte keiner ein Wort. Es dachte jeder darüber nach, dass die meisten Menschen wohl – wie jener Hamburger – eine Maske trügen, hinter welcher der eigentliche Mensch mit seiner Not und Sehnsucht verborgen sei. Schließlich fragte einer von uns: »Wie ging es denn weiter?«

Der stille Mann lächelte: »Wir sind jetzt Freunde. Ja, mehr: Brüder! Wir lesen zusammen die Bibel. Und mein Freund hat den Herrn Jesus gefunden und weiß, dass der sein Heiland ist. Manchmal will ja das alte, wichtigtuerische Wesen wieder herausbrechen. Aber dann erschrickt er auf einmal und schaut mich an. Und ich lese in seinem Blick die Frage: Meinst du, dass Jesus immer noch Geduld mit mir hat?

Wir wissen aber beide, dass wir von seiner Geduld leben.« –

Der stille Mann ist wieder aus meinem Gesichtskreis verschwunden. Und ich weiß nicht einmal, ob er noch lebt. Vielleicht ist er irgendwo in Russland begraben. Die Weltgeschichte hat von seinem Leben keine Kenntnis genommen.

Aber ich meine: Solch eine Geschichte, wie die von dem Hamburger, ist im Licht der Ewigkeit wichtiger und bedeutsamer als alle großen Schlachten dieses furchtbaren Krieges.

An einer polnischen Landstraße

Diese kleine Geschichte hat mir mein Bruder erzählt, als er während des letzten Weltkriegs einmal auf Urlaub war. Es war sein letzter Besuch bei uns. Nun schläft sein Leib irgendwo in Russland dem großen Tag der Auferstehung entgegen. Die kleine Episode »am Rande des Krieges« spielte sich an einer polnischen Landstraße ab. Da standen die deutschen Soldaten und sahen neugierig auf einen Zug flüchtender Juden.

Es mag sein, dass manche eigentlich spotten wollten. Aber die Hohnworte blieben ihnen im Halse stecken beim Anblick dieses Elends. Es waren sicher andere darunter, denen Wut und Scham das Herz erfüllten. Aber auch die wagten nichts zu sagen. Es war gefährlich, für die Gehetzten einzutreten.

So schwiegen alle und sahen, wie alte Leute sich vorbeischleppten, wie Männer auf Schubkarren die elende Habe zu retten versuchten, wie weinende Kinder sich an die Röcke der Mutter hängten. Ab und zu kam auch ein größerer Wagen vorbei, den ein elendes Pferd mühselig voranbrachte.

Solch ein Karren war es, dem plötzlich krachend ein Rad zusammenbrach. Der Mann, der neben dem Pferd ging, besah sich schweigend den Schaden. Dann zog er seinen Rock aus und versuchte, das Rad auszubessern.

Die Arbeit war viel zu schwer für einen einzelnen Mann. Stöhnend stemmte er sich gegen den zusammengesunkenen Wagen.

In diesem Augenblick sprangen zwei Soldaten vor und begannen, ihm zu helfen: mein Bruder und ein anderer, ihm Unbekannter. Sie waren beide Jünger Jesu, und das Gebot ihres Herrn war ihnen wichtiger als die Rücksicht auf die möglichen Folgen. Gewiss würde nun schon die Meldung an die vorgesetzte Stelle gehen, dass zwei deutsche Soldaten den verhassten Juden geholfen hatten.

Schweigend mühten sich die drei. Schweigend sahen die anderen zu.

Und so wäre die Sache wohl zu Ende gegangen, wenn nicht eine alte Frau auf einmal das Wort ergriffen und ein Gespräch entfesselt hätte, das allen, welche die Bibel nicht kannten, unverständlich bleiben musste.

Diese alte Frau lag oben auf dem Karren und hielt mühselig das Gepäck zusammen. Nun richtete sie sich auf und fing mit gellender Stimme an zu klagen. Es war, als ob eine abgrundtiefe Verzweiflung ausbräche:

»Warum müssen wir Juden immer wandern?! ... Immer wandern! ... Keine Heimat! ... Haben wir eine gefunden, dann wird sie uns bald wieder entrissen ... Wir müssen wandern, wandern, endlos ... Unsere Vorfahren waren umhergetrieben, unsere Väter ... wir ... unsere Söhne ... immer wandern, immer heimatlos ... ruhelos ... immer wandern ... Wann werden wir endlich eine Heimat finden?! ...«

Da richtete sich der unbekannte Soldat auf und erklärte mit großem Ernst: »Dann, wenn Jehova Sie wieder sammeln wird in Kanaan, im Land Ihrer Väter!« Wild fuhr die alte Frau auf: »Wie sollte das zugehen, dass unser zerstreutes Volk wieder zusammengebracht würde aus allen Ländern?«

Ruhig und ernst erwiderte der Soldat: »Wie das zugehen wird? Ebenso wie damals, als Jehova Ihre Väter aus der Knechtschaft in Ägypten führte, durch seine starke Hand und seinen ausgestreckten Arm! Suchen Sie diesen Ihren Herrn und warten Sie auf ihn!«

Dann nahm er die Arbeit wieder auf. Bald war der Schaden behoben, und der Wagen fuhr weiter.

Schweigend sahen die Soldaten auf ihren Kameraden. Es war, als sei ihnen eine Ahnung davon aufgegangen, dass nicht die lauten Menschen die Weltgeschichte machen, sondern dass eine verborgene Hand einen geheimen Plan durchführt.

»Jetzt fängt wieder die schöne Zeit an!«

Es war vor Jahren am Vorabend des ersten Advent. In dem Heim unseres Jugendkreises ist fröhliches, quirlendes Leben: Da wird noch einmal tüchtig geübt und geprobt für die Adventsfeier, zu der sich immer eine große Gemeinde aus Jungen und Alten zusammenfindet.

Der Hausmeister, der den Adventskranz aufgehängt hat, trägt eben die Leiter weg. Er kann manchmal recht verdrießlich brummen, wenn's die Jungen gar zu toll treiben. Aber heute summt er leise das liebe alte Adventslied: »Macht hoch die Tür, die Tor macht weit ...« Und als ich ihm lächelnd nachsehe, fällt mein Blick auf einen jungen Mann. Dieser schlanke, hoch gewachsene Junge ist mir besonders lieb. Ich weiß, wie schwer er es hat. Seine Eltern sind überzeugte Freidenker. Da steht er zu Hause sehr allein. Denn schon früh hat er erkannt, dass er nicht ohne Jesus leben kann. Mit Petrus sagte er zum Herrn Jesus:

»Wir haben geglaubt und erkannt, dass du bist Christus, der Sohn des lebendigen Gottes.« An jenem Abend also fällt er mir auf. Denn sein Gesicht strahlt ganz unbeschreiblich.

»Was ist mit dir?«, frage ich. Da atmet er tief auf und sagt: »Jetzt fängt wieder die schöne Zeit an, wo es heißt: Er kommt, er kommt mit Willen …« Und dann geht er schnell davon, dass ich seine Bewegung nicht sehen soll. Ich aber muss nun diesen Vers leise vor mich hin singen:

»Er kommt, er kommt mit Willen,
Ist voller Lieb und Lust,
All Angst und Not zu stillen,
Die ihm an euch bewusst.«

»Jetzt fängt wieder die schöne Zeit an!« Sooft Advent herannaht, ist mir, als höre ich den jungen Mann diesen Satz sagen.

Kurz nach Weihnachten erfasste auch ihn die Kriegsmaschinerie. Er wurde eingezogen. Und der Krieg ging über unser Jugendheim. Es wurde zur Ruine.

Als wir unter armseligen Umständen doch wieder unsere Adventsfeier hielten, brachte die Post einen Brief von meinem Freund. Da schrieb er aus Russland. Man spürte aus jeder Zeile das Heimweh und die furchtbare Einsamkeit. Aber es stand auch noch etwas anderes in dem Brief.

Und das war die Freude, dass »jetzt wieder die schöne Zeit anfängt«. »Ich vereinige mich im Geist mit euch«, schrieb er, »und singe mit euch: Er kommt, er kommt mit Willen / ist voller Lieb und Lust / All Angst und Not zu stillen …«

Als wir im Jahr darauf Advent feierten, kam kein Brief mehr von ihm. Da war er irgendwo im fernen Russland gefallen.

Ja, »gefallen« in die Hand seines Heilands, von dem er sich erkauft und gerettet wusste. Und ich weiß: Als die tödliche Kugel ihn traf, wurde das für ihn zum rechten Advent. Da kam sein Heiland und holte ihn nach Hause, wo er endgültig und für immer »alle Angst und Not des Herzens stillt«.

Debora im Luftschutzkeller

Offen gestanden – ich habe immer ein wenig Angst vor der alten »Mutter B.« gehabt. Denn sie hatte die Pfarrer im Verdacht, dass es ihnen an dem rechten Eifer für das Reich Gottes fehle. Sie wird wohl in einem langen Leben ihre Erfahrungen gesammelt haben.

Und weil sie nicht zu den Leuten gehörte, die hinter dem Rücken kritisieren, so besuchte sie mich ab und zu und sagte mir ihre Meinung oder gab mir Aufträge. Das war nicht immer ganz leicht zu ertragen. Aber oft musste ich ihr auch Recht geben. Und wenn sie dann zum Schluss des Gesprächs mit einem betete, dann war alles gut. Ihre Gebete waren gewaltig: Da spürte man das Erschrecken vor Gottes Majestät. Da brach eine brennende Liebe zum Herrn Jesus und zu den Menschenkindern heraus. Da wurde man erschüttert durch das Eifern um das Reich und die Ehre Gottes.

So ähnlich stelle ich mir Debora, das Weib Lappidots, vor, die als Richterin in Israel die Kanaaniter schlug. Die Kenner der Bibel wissen, dass man im 4. Kapitel des Richterbuches von ihr lesen kann. Und ich kam mir neben der Mutter B. immer wie der Barak vor, von dem dasselbe Kapitel berichtet, dass er nicht ganz mitkam neben dem gewaltigen Glauben der Debora.

Der furchtbare Bombenkrieg brach über unsere Stadt Essen herein. Immer häufiger wiederholten sich die Schreckensnächte, in denen verzweifelte Menschen durch die Straßen irrten und nicht wussten, wo sie sich vor dem Feuer bergen sollten.

Hunderttausende flohen aufs Land. Als man der Mutter B. nahe legte, sie solle sich doch auch evakuieren lassen, tat sie das kurz ab: »Ich habe hier meine Aufgabe.«

In der Tat, die hatte sie! Wie viele mögen sich an dieser glaubensstarken Frau in jenen schrecklichen Jahren aufgerichtet haben!

Eines Nachts saß sie wieder im Keller mit den anderen Hausbewohnern. Das waren gottlose Leute, die über die alte Frau nur lächelten.

Dann kam der Angriff. Wer je solch eine Stunde miterlebt hat, weiß, welch eine Qual das für die Nerven ist: das Heulen der Sprengbomben, das teuflische Zischen der Brandbomben, das zerreißende Krachen der Explosionen. Da wird eine Minute zur Ewigkeit. Und solch ein Angriff dauerte oft fünfzig Minuten!

Die Leute im Keller schrien. Sie klammerten sich aneinander. Jeden Augenblick konnte man verschüttet oder zerrissen werden.

Da rief auf einmal eine Frau: »Mutter B.! Beten Sie doch!«

Mutter B., die bisher gelassen und ruhig dagesessen hatte, fuhr auf: »Wie könnte ich jetzt mit euch den Gott anrufen, den ihr bisher verachtet habt?«

»Mutter B., beten Sie!«, schrie die Frau.

»Ich will es tun«, sagte Mutter B., wenn ihr von jetzt an den Herrn suchen wollt!«

»Ja, das wollen wir!«, rief es aus allen Ecken des Kellers, in dem das Entsetzen nun völlig die Macht ergriffen hatte. Das Licht war längst ausgegangen. Der Keller bebte wie ein Schiff im Sturm. Die Bomben krachten, heulten, zischten. Kalkstaub erfüllte die Luft. Man saß wirklich im Rachen des Todes.

»Ja, wir wollen Gott suchen!«, riefen die Leute. »Wir werden am nächsten Sonntag mit Ihnen zur Kirche gehen!«

Und dann betete diese arme, alte, schwache Frau, die im Glauben stark war und der ihr Gott Ruhe und Gelassenheit gab, laut und tröstlich. Sie stellte diesen Keller mit all seinen verlorenen Insassen in die Hand ihres Herrn. Sie dankte ihm für seine Gegenwart und rief ihn mit starker Stimme um Hilfe, Kraft und Trost an.

Über solchem Gebet des Glaubens wurde es still. Die Leute erlebten etwas von dem Frieden, »der höher ist als alle Vernunft«.

Dann war endlich der schauerliche Angriff vorüber. Still gingen alle in ihre Wohnungen. –

Und nun kam der Sonntagmorgen. Mutter B. ging von Tür zu Tür und lud ein zum Gottesdienst: »Ihr habt mir versprochen, den Herrn zu suchen. Jetzt kommt mit mir, sein Wort zu hören!«

Doch musste sie schließlich ganz allein gehen. In der einen Wohnung schlug man ihr die Tür vor der Nase zu. In einer anderen stammelte man verlegene Entschuldigungen. In einer dritten jagte man sie mit einem Fluch weg, und in der vierten lachte man sie einfach aus. –

Es war vierzehn Tage später: Wieder eine Schreckensnacht über Essen! Wieder saßen die Leute im Keller. Wieder war das Licht verlöscht.

Wieder heulten, krachten und zischten die Bomben über einer sterbenden Stadt.

Die Leute im Keller von Mutter B. wollten diesmal stark sein. Sie hatten sich ein wenig geschämt, dass sie so »die Nerven verloren« hatten. Aber als eine halbe Stunde vergangen war und der Schrecken sich nur immer mehr steigerte, da war es mit ihrer Stärke vorbei. Und dann fiel ihnen wohl ein, wie ihre Herzen über dem starken Gebet der alten Frau ruhig geworden waren.

Die Mutter B. war ja wieder unter ihnen. Ja, gelassen und still versunken saß sie in einer Ecke.

Und dann schlug eine schwere Bombe ganz in der Nähe ein. Man hörte sie heranheulen … eine Schrecksekunde … dann ein ohrenbetäubendes Krachen, Bersten … Kalkstaub … man meinte, man müsse ersticken … Da schrie ein Mann entsetzt: »Frau B.! Beten Sie doch!« Und alle fielen ein: »Mutter B.! Beten Sie!«

Einen kurzen Augenblick war es still. Man hörte nur das Getöse des Angriffs. Dann kam die Stimme der Mutter B. durch die Dunkelheit – und man wusste nicht, ob sie hart oder traurig klang: »Mit euch kann ich nicht mehr beten. Ihr verachtet ja meinen Gott!«

Und sie überließ die Leute ihrem Entsetzen. –

Debora im Luftschutzkeller! –

Mutter B. wurde später schwer krebskrank. Lange lag sie im Krankenhaus. Dann schickte man die alte Witwe als einen hoffnungslosen Fall nach Hause.

Bald danach trafen wir sie auf der Straße. Sie war – wie so oft – auf Wegen der Liebe. Sie konnte es nicht lassen, den Menschenkindern, an denen sie eine Aufgabe hatte, nachzugehen.

Wir waren entsetzt: »Mutter B.! Sie sind doch krank! Wie können Sie so herumlaufen! Was macht denn der Krebs?«

Da winkte sie etwas ärgerlich mit der Hand und sagte dann gelassen: »Was geht mich mein Krebs an?«

So blieb sie stark und gewaltig, bis ihr Herr sie heimrief zur Ruhe der Kinder Gottes. Wir aber trauerten um eine »Mutter in Israel«.

Die Synagoge

Gott hat manchmal seltsame und wunderliche Prediger. Lukas berichtet in seinem »Evangelium«, dass ein gehenkter Mörder in seiner Todesstunde vom Kreuz herab eine unerhört eindrückliche Predigt gehalten habe.

Und das Alte Testament weiß zu erzählen, dass sogar einmal ein richtiger, vierbeiniger Esel gepredigt habe. Manche glauben diese Geschichte nicht. Ich glaube sie. Denn ich weiß, dass Gott sich oft wunderliche Prediger seiner Wahrheit erwählt.

Unter diesen ist mir besonders eindrücklich ein großes, totes und ausgebranntes Gebäude. Sooft ich daran vorbeikomme, fängt dieses Haus an, mir eine Predigt zu halten. Und ich weiß, dass es eine ganze Nacht lang zu vielen hundert Menschen gepredigt hat.

Dieses seltsame, predigende Gebäude steht mitten in einer lauten Großstadt des Ruhrgebiets.

Hier muss einmal eine reiche jüdische Gemeinde gewesen sein, dass sie sich solch eine großartige Synagoge hat bauen können. Es ist ein riesiger Kuppelbau aus grauem Naturstein! Vor vielen Jahren habe ich mir den Bau einmal von innen angesehen. Die Pracht dort entsprach ganz dem wundervollen Äußeren. Man sah, dass ein großer Künstler dieses Haus entworfen und gebaut hatte.

Dann kam jener schreckliche Tag, der für Jahrhunderte ein dunkler Fleck auf der Geschichte unseres Landes sein wird; jener Tag, da das deutsche Volk mit einem Mal vergaß, dass es einen Luther, Kant, Bach, Goethe gehabt hat, da es mit einem riesigen Satz aus dem 20. Jahrhundert ins Mittelalter zurücksprang …

Es raste der Pöbel; die jüdischen Geschäfte wurden geplündert, die Wohnungen der Juden demoliert, Unschuldige getreten, erschlagen und erschossen ... Ein wüster Haufen drang auch in die herrliche Synagoge und steckte sie in Brand. Was nur brennbar war, wurde ein Raub der Flammen. Aber am Ende stand noch der riesige, nun so kahle Kuppelbau. Die großen Steinquader hatten dem Feuer getrotzt.

Damals fing dieses Gebäude an, peinlich zu werden. Es redete noch nicht. Aber in seiner toten Schweigsamkeit begann es, die Menschen zu beunruhigen. Die Lautsprecher dröhnten von dem »deutschen Kulturwillen« – und da stand dieses Haus! Über dem Portal konnte jeder noch lesen: »Mein Haus soll ein Bethaus sein vor allen Völkern!« Da stand es mit seinen rauchgeschwärzten Mauern, seinen leeren Fensteröffnungen ... während die Lautsprecher verkündeten, wie nun deutsche Heere nach Russland eingerückt seien, um die »deutsche Kultur« vorwärts zu tragen ...

Man sprach immer wieder davon, dass dieses Haus abgerissen werden müsse. Aber – es kam nicht dazu. Es war, als habe man den Mut verloren, noch einmal die Hand an dieses stumme, riesige Gebäude zu legen.

Und die Synagoge schwieg – schwieg –, als warte sie auf den Tag, da sie würde reden können. Und der kam! Dieser Tag fing in der Großstadt an wie alle anderen. Die Kaufleute gingen in ihre Geschäfte, die Hausfrauen hatten Wäsche oder standen in Schlangen vor den Läden, in denen die Waren schon knapp wurden; die Bergleute fuhren in die Tiefe, und andere kamen herauf … Es war wie immer. So verging der Tag. Es kam der Abend. Dunkel lagen die Straßen da. Alle Häuser waren verdunkelt, alle Lichter gelöscht. Es war ja Krieg, und schon war manche Bombe über der Stadt gefallen.

Um 21 Uhr tönten die Sirenen. Die Menschen liefen in die Keller …

Und dann kam der Schrecken!

Der erste große Angriff mit »Bombenteppich« und »Flächenbränden«. Die Menschen in den Kellern spürten die furchtbare Hitze. Sie stürzten hinaus. Nein! Viele kamen nicht mehr ins Freie. Sie fanden die Zugänge verschüttet und verbrannten bei lebendigem Leibe …

Aber die herauskamen, entsetzten sich. Rings um die Synagoge waren enge, dicht besiedelte Straßen. Und nun stand alles in Flammen. Wohin man sich auch wandte – Feuer! Feuer! Dieser furchtbare Brand schaffte sich selbst den Sturm, der das Feuer brausend weitertrug.

Die Menschen hüllten sich in nasse Tücher und machten sich auf, um irgendwo Schutz zu suchen. Aber sie fanden die Straßenausgänge mit Trümmern versperrt. Der Rauch nahm ihnen den Atem. Da sank manch einer um und wurde von stürzenden Mauern erschlagen, vom Rauch erstickt, vom Feuer verschlungen.

Die sich durchschlugen, suchten mit vor Angst irren Augen nach einem Ort, der Schutz böte vor dem Feuer. Sie fanden nur einen: die riesige, kahle, längst ausgebrannte Synagoge. Hunderte haben in jener schrecklichen Nacht dort Rettung gefunden.

Da saßen sie, eng gedrängt und zitternd auf dem nackten Boden, während draußen der schauerliche Tod umging. Da saßen sie und konnten nicht weglaufen, als nun die Synagoge anfing zu predigen.

Es war eine schreckliche Predigt. Sie bestand nur aus einem einzigen Satz: »Irret euch nicht! Gott lässt sich nicht spotten. Denn was der Mensch sät, das wird er ernten.«

Da war manch einer, der hatte an jenem Frühlingstag mitgemacht, als man das Feuer an die Synagoge legte. Und die anderen hatten neugierig zugesehen, hatten vielleicht gelacht. Sicher hatten sie geschwiegen. Aber – wer hatte an Gott gedacht, an Gott, der nicht schweigt?! Damals hatte das Feuer dieses eine Gebäude verzehrt. Nun ging die Stadt im Feuer unter … Und ausgerechnet dieses Gebäude war nun Zuflucht!

Die Synagoge predigte. Und selbst der Verstockteste hat in jener Nacht des Grauens die Predigt gehört: »Irret euch nicht! Gott lässt sich nicht spotten …«

Die Geschichte ist aber noch nicht zu Ende.

Unter den Flüchtlingen war einer, dem hielt die Synagoge eine besondere Predigt.

Er war ein einfacher Mann, der einen kümmerlichen Lohn auf einer Kohlenzeche verdiente. Aber er gehörte zu den Leuten, von denen der Herr Jesus sagt, dass sie »reich sind in Gott«.

Dieser Mann saß unter dem bestürzten Volk und war weder sehr verwundert noch unruhig. Verwundert war er nicht, weil er aus dem Wort Gottes längst wusste, dass dieses Volk schrecklichen Gerichten entgegengehen musste. Und unruhig war er nicht, weil er Frieden mit Gott hatte.

So saß er nun in einer Ecke, nachdem er vielen Leuten zurechtgeholfen hatte. Er war müde. Aber schlafen konnte man ja nicht.

Und da fing die Synagoge an, ihm ihre besondere Predigt zu halten. Sie fragte: »Weißt du auch, warum ihr hier geborgen seid vor dem Feuer?« Und er antwortete: »Ja, weil hier das Feuer schon einmal getobt und alles, was brennbar war, verzehrt hat.«

»Weißt du auch«, fragte die Synagoge, »dass es noch ein anderes und schrecklicheres Feuer gibt als das, vor dem ihr euch hier geborgen habt?«

»Das weiß ich wohl«, sagte der Mann, »das ist das schreckliche Feuer des Gerichtes und Zornes Gottes, das einmal entbrennen wird über alles ungöttliche und unheilige Wesen der Menschen.«

»Da weißt du ja schon viel!«, sagte die Synagoge. »Aber meinst du, dass du dann auch eine Zuflucht finden wirst, wenn dieses Feuer entbrennt? Meinst du, dass dann auch solch eine Stelle da sein wird, die Zuflucht bieten kann, weil das Feuer schon darüberging?«

Nun lächelte der Mann inmitten des erschrockenen und betrübten Volkes und sagte: »Oh, ich weiß, worauf du hinauswillst. Ja, es gibt einen einzigen Ort, über den das Feuer des Zornes Gottes schon ging, und der darum Zuflucht bietet: Das ist das Kreuz Jesu auf Golgatha.«

»Du hast Recht!«, sagte die Synagoge. »Sieh mich nur an! Wie sicher seid ihr in meinem Schoß, weil ich früher das Feuer erlitten habe. Und so ist man sicher unter dem Kreuz Jesu. Wie hat dort das Feuer gebrannt, als Jesus rief: ›Mein Gott! Mein Gott! Warum hast du mich verlassen?‹ – Jetzt ist man in alle Ewigkeit dort sicher vor dem Gericht Gottes.«

Da freute sich der einfache Mann darüber, dass er um diese ewige Zuflucht wusste. Dann legte er sich, so gut es bei dem Gedränge eben möglich war, zurecht und schlief nun doch ein – er ruhte friedlich und getröstet wie ein Kind am Herzen der Mutter.

Und trotzdem Weihnachten!

»Weihnachten?! Nee! Das wird in diesem Jahr bei uns nichts werden!«, sagt die Frau verbittert.

»Aber warum denn nicht?«

»In diesem Jahr hab ich die Nachricht bekommen, dass mein Mann im russischen Gefangenenlager gestorben ist. Nun sitze ich mit den zwei Kindern in dem einen Zimmer. Geld ist nicht vorhanden, dass man was kaufen könnte. Es langt ja nicht einmal zum Leben …« Die Frau wischt sich ärgerlich die Tränen. »… nee, Weihnachten, das fällt in diesem Jahr aus bei uns.«

»Da muss ich Ihnen eine kleine Geschichte erzählen. Haben Sie fünf Minuten Zeit?«

Die Frau nickt und wischt sich wieder die Tränen weg, die ungewollt herunterfließen.

»Sie wissen, dass ich den ganzen Krieg hier im Ruhrgebiet erlebt habe. Da kam nun Weihnachten 1944. Unsere Wohnung sah böse aus. Die Fenster waren mit Pappe und Rollglas notdürftig zugemacht. Der Wind pfiff elend herein. Nun, trotzdem wollte ich mit meinen Kindern Weihnachten feiern. Weihnachtsbäume waren ja nicht angeliefert worden; drum fuhr ich morgens mit dem Rad in den Wald, um mir selbst ein Bäumchen zu holen. Leider durfte man das nicht. Es erschien ein Förster, der teilte mir das mit und schrieb mich auf.

Traurig fuhr ich nach Hause. Aber ich hatte Glück. Denn am Nachmittag kam ein Pole – wissen Sie, so ein DP – vorbei und bot mir ein Bäumchen an. Ich habe nicht gefragt, woher er es hatte.

Und dann haben wir in unserer eiskalten Bude eine kleine Bescherung aufgebaut. Es war ja armselig genug, denn man konnte nichts mehr kaufen. Aber so ein paar Kleinigkeiten hatten wir doch aufgetrieben. Und zwei oder drei Kerzchen brannten auch. Doch, es sah ganz festlich aus.

Aber gerade als wir anfangen wollten, uns zu freuen, tröteten die Sirenen. Es ging furchtbar schnell. Schon heulten sie ›akute Luftgefahr‹! Meine Kinder rannten los in den Bunker. Ich konnte eben noch die Kerzen löschen. Dann lief ich auch hinaus in die Nacht. Über mir brummten schon die feindlichen Flieger. Ich rannte um mein Leben.

Aber dann stoppte ich. Denn ich merkte, dass der Angriff der Nachbarstadt galt. Da kamen die ›Christbäume‹ vom Himmel. So nannten wir ja die Leuchtraketen, mit denen die Flieger ihr Ziel markierten. Ganz allein war ich auf der verlassenen Straße. Die Erde dröhnte und bebte von den Einschlägen der Bomben. Und rings am Himmel standen die entsetzlichen ›Christbäume‹, die

Tod bedeuteten. Da fiel der ganze Jammer dieser armen Welt auf mich. Ich fühlte mich so verlassen und verloren. Schreien hätte ich mögen bei all dem Leid.

Und da – ja, da geschah es, dass ich auf einmal den Engel Gottes auf Bethlehems Feld rufen hörte: ›Euch ist heute der Heiland geboren!‹

›Das gilt doch!‹, musste ich denken. ›Ja, das gilt auch heute noch!‹ Und dann habe ich mich nicht geschämt, dass mir vor Freude die Tränen übers Gesicht liefen. ›Mir! Mir ist der Heiland geboren, Christ, der Retter, ist da!‹, rief mein Herz unablässig. Und ich wurde so fröhlich und glücklich darüber, dass ich es gar nicht aussprechen kann.

Als der Angriff vorüber war, kamen die Meinen aus dem Bunker. Und da haben wir uns zusammengesetzt und haben gesungen: ›… Welt ging verloren, Christ ist geboren! Freue dich, o Christenheit!‹ Wir haben gesungen, dass die morschen Wände bebten.

Sehen Sie, zu Weihnachten braucht man nur den Heiland. Alles andere ist Zutat. Und wenn die fehlt – was tut's? ›Hauptsache, dass die Hauptsache die Hauptsache bleibt!‹, sagt mein Freund immer …

So sage ich doch zu Ihnen: Ich wünsche Ihnen gesegnete Weihnachten!«

Tante Regine

»O welch köstlicher Sonnenschein! Da möchte ich wirklich ins Freie hinaus!«, rief ich an einem prächtigen März-Morgen. »Wo könnte ich denn hin?«, fragte ich meine Familie.

»Besuche doch wieder einmal die Tante Regine! Wir haben schon lange nichts mehr von ihr gehört«, meinte meine Frau.

Das war eine gute Idee. Tante Regine war eine prächtige Frau: klug, gebildet, fromm, aufrichtig – kurz, man hatte immer etwas davon, wenn man mit ihr zusammen war.

Diese Tante wohnte in Wuppertal. Das war mit dem Rad in einer guten Stunde zu erreichen, man erlebte dabei das schöne Bergische Land und tat obendrein noch etwas Nützliches. Gewiss würde es die Tante freuen, wenn ich einmal nach ihr sah.

So fuhr ich also los in den schönen Sonnenschein. –

Und nun stand ich vor dem Haus meiner Tante und klopfte.

Keine Stimme, keine Antwort. Ich pochte heftiger. Endlich ging oben ein Fenster auf, eine Frau schaute heraus und teilte mir mit, die Tante sei krank und liege im Krankenhaus.

Die arme, alte, einsame Tante! Die braucht mich! Ich frage mich durch zu dem Spital.

Und dann stehe ich vor dem Bett der Patientin. Ich sehe sofort, dass es ernst um sie steht. Sie ist sehr elend. Aber nun bin ich so weit gefahren. Da möchte ich doch nicht ganz umsonst gekommen sein! Und wenn aus einem Gespräch auch nichts wird, so möchte ich ihr doch wenigstens ein Wort Gottes sagen.

So nehme ich ihre schmale, blasse Hand, beuge mich zu ihr hinab und sage langsam das herrliche Wort aus dem 23. Psalm: »Und ob ich schon wanderte im finstern Tal, fürchte ich kein Unglück; denn du bist bei mir. Dein Stecken und Stab trösten mich.«

Da schüttelt sie traurig den Kopf und zeigt auf ihre Ohren. Ich verstehe: Sie ist so schwerhörig geworden, dass ich lauter sprechen muss. Also brülle ich ihr das Wort noch einmal ins Ohr. Aber sie schüttelt ihren weißen Kopf. Sie hat es nicht verstanden.

Einen Augenblick bin ich ratlos. Soll die ganze Fahrt umsonst gewesen sein?

Da fällt mir etwas ein: Ich reiße ein Blatt aus meinem Notizbuch und schreibe den Spruch groß und deutlich darauf. Sie nimmt das Blatt, versucht zu lesen – auch das geht nicht. Ihre Augen sind zu schwach. Mühselig richtet sie sich auf, nimmt ein Vergrößerungsglas vom Nachttisch und versucht, damit das Geschriebene zu entziffern.

Sie versucht! Aber es gelingt nicht. Und mit einer erschütternden Gebärde lässt sie Blatt und Glas sinken und legt sich in die Kissen zurück …

Mir wollen die Tränen kommen: Wie furchtbar ist das! Ich verstehe, dass diese Frau wie lebendig eingemauert ist. Kein Ton und keine Nachricht von draußen dringen zu ihr hinein. Und dies bei einem so regen und lebendigen Geist!

Da sagt sie mit leiser Stimme: »Ja, ich bin ein armer Mensch. Ich kann nicht mehr sehen und nicht mehr hören …« Und dann – mit einem tiefen Aufatmen: »Aber ich habe den Heiland! Und wer den Heiland hat, der hat genug.«

Müde fahre ich mit meinem Rad nach Hause zurück. Aber in meinem Herzen ist ein großes Freuen: Wie reich macht der Herr Jesus seine Leute! Und auf einmal erkenne ich, wozu mir diese Fahrt bestimmt war: Ich wollte eine alte Frau trösten, und sie hat mich herrlich getröstet.

»In zehn Jahren …!«

Die Riegel meiner Gefängniszelle klirrten. Die Tür wurde aufgerissen. »Herauskommen zum Verhör!« Wieder einmal wurde ich die langen Korridore entlanggeführt zu den Büros der Gestapo.

Ich war so unsagbar müde. Was wollten sie denn jetzt wieder von mir? Ach, ich wusste es ja ganz genau: Sie wollten von mir Aussagen erzwingen über die kämpfende Bekennende Kirche. Und ich konnte doch unmöglich meine Brüder verraten.

Nun ging das schon wochenlang so: Zermürbendes Warten in der engen Zelle und noch zermürbendere Verhöre.

Kurz darauf stand ich wieder vor meinen Quälgeistern. Wie ich diese drei Gesichter dort hinter dem breiten Tisch nun allmählich kannte! Diese blassen, verlebten, seelenlosen und grausamen Gesichter!

Aber – o Wunder – heute lag ein freundliches Lächeln über diesen Physiognomien. Ich erschrak: Was hat das wohl zu bedeuten? – Und nun bot man mir sogar einen Stuhl an! Das war neu. Sollte jetzt das »Zuckerbrot« erreichen, was die »Peitsche« nicht fertig gebracht hatte? Ich ging innerlich in Abwehrstellung.

Und dann fing einer von den dreien an: »Wir haben Sie nun eine Zeit lang beobachtet. Und da haben wir schon gemerkt, dass Sie gar nicht so übel sind. Nur …«

Er räusperte sich. Und ich wusste: Jetzt kommt es! Er fuhr fort: »Nur – Sie sitzen auf einem falschen Pferd.« »Jawohl!«

»Ja, das müssen Sie nun langsam begreifen, dass dieser Beruf völlig überholt ist. Wir werden in Zukunft keine Jugendpfarrer mehr brauchen.«

Ich muss wohl ein etwas erstauntes Gesicht gemacht haben. So fühlte er sich gedrängt, mir die Sache noch etwas deutlicher zu machen: »Wir haben heute eine neue Weltanschauung. Das Christentum hat ausgespielt. Ich sage Ihnen: In zehn Jahren wird kein junger Mensch in Deutschland mehr wissen, wer Ihr imaginärer Jesus ist! Dafür werden wir sorgen!«

Und dann kam ein freundliches Angebot: Ich solle doch einen anderen Beruf ergreifen. Sie wollten mir gerne behilflich sein. Ja, sie machten mir sogar allerlei Vorschläge. Es war rührend, wie sehr diese harten Männer um meine Zukunft besorgt waren.

Leider war ich nicht imstande, solche freundlichen Offerten anzunehmen. So wurden sie schließlich ärgerlich, und ich wanderte die langen Korridore zurück – in die Zelle. – Das wurde ein schwerer Abend! »In zehn Jahren wird kein junger Mensch in Deutschland mehr wissen, wer Jesus ist!« Immer hörte ich diesen harten Satz. Warum sollte es nicht wahr werden? Gott kann doch einem Volk das Evangelium wegnehmen! Aber – welche Finsternis musste dann in meinem Volk anbrechen! –

Es ist eine wunderliche Sache, wenn Menschen mit solcher Bestimmtheit etwas über die Zukunft aussagen. Es war ja eines der Kennzeichen jener seltsamen Zeit des »Dritten Reiches«, dass jeder, von dem »Führer« angefangen bis hinunter zum kleinsten Funktionär, mit geradezu erstaunlicher Sicherheit die Zukunft durchschaute. Nur – dass über alldem das Wort aus dem 2. Psalm stand: »Der im Himmel wohnt, lacht ihrer …«

In jener dunklen Abendstunde in der Gefängniszelle aber hörte ich dieses tröstliche und unheimliche Lachen nicht. Mein Glaube war so schwach. Er hörte nur das lästerliche Lachen der Hölle: »In zehn Jahren wird kein junger Mensch in Deutschland mehr wissen, wer Jesus ist!«

Gott aber tut mehr, als unser Glaube fassen kann! Es war sieben Jahre später, an einem Sonntag im Jahre 1945.

Strahlender Sonnenschein weckte mich in der Frühe auf. Sofort überfiel mich der Gedanke an unsere gegenwärtige Lage, welcher die widerstreitendsten Gefühle in mir auslöste: Dahin waren die Ehre und Würde meines Volkes! Zerstört lagen die Städte, ganz besonders auch die Stadt Essen, der meine Lebensarbeit galt. Meine liebe alte Kirche lag in Trümmern! Mein Haus war verbrannt! Mein Sohn war irgendwo in Russland begraben.

Überall ging der furchtbare Hunger durch das Land! Oh, wie haben wir gehungert in jenen Tagen nach dem Krieg! Aber – was war das gegen den unsagbaren Jammer: Die Blüte der jungen Mannschaft war tot, geopfert den wahnsinnigen Träumen einiger Politiker!

Und doch – der Krieg war zu Ende. Zu Ende die schrecklichen Bombennächte. Zu Ende die sinnlosen Zerstörungen. Zu Ende auch – ich atmete auf – die Quälereien der Gestapo. Zu Ende all die sinnlosen Verbote für unsere Jugendarbeit …

Da klingt auf einmal in mein Sinnieren hinein ein unsagbar fröhlicher Ton. Irgendwo da draußen zieht ein Posaunenchor vorbei und spielt:

»Geh aus, mein Herz, und suche Freud
In dieser schönen Sommerzeit
An deines Gottes Gaben …«

Nun hält es mich nicht mehr im Bett. Ich springe an das offene Fenster! Welch ein überwältigender Anblick: Im Morgensonnenglanz liegen die waldbedeckten Höhen des Siegerlandes. »O Täler weit, o Höhen, / Du schöner, grüner Wald…!« Mein Fenster ist wie eine Warte, von welcher der Blick weit, weit hinausgeht in das Land. –

Aber dann wird mein Blick gefesselt durch das, was unter meinem Fenster vorgeht: Da führt die große Landstraße von Siegen nach Dillenburg vorbei. Und auf dieser Straße zieht ein Zug vorbei: Vorn die Posaunen. Jubelnd schmettern sie Paul Gerhardts Sommerlied:

»Ich selber kann und mag nicht ruhn,
Des großen Gottes großes Tun
Erweckt mir alle Sinnen …«

Den Posaunen folgen junge Männer. Es sind noch nicht viele!

Die meisten leben noch in Kriegsgefangenschaft. Und wie viele kommen nie mehr nach Hause! Aber dieses Trüpplein von 20 Mann macht doch das Herz lachen. Und dann kommen die Jungen! Und dann die Mädchen. Und dann – in einem sehr ungeordneten Haufen – Männer, Frauen und kleine Kinder.

Über dem ganzen Zug liegt eine Freude, die man nicht beschreiben kann! Jahrelang waren solche christlichen Feste verboten. Zum ersten Mal trifft man sich wieder! Gerade unter meinem Fenster stößt der fröhliche Zug auf einen anderen Menschenhaufen, der um die Kurve von Siegen herkommt. Die Posaunen brechen ab, die Züge lösen sich auf. Fröhlich begrüßt sich junges Volk. Mir ist, als träumte ich! –

Aber nun ist mir vor lauter Freude der Erinnerung an jenen großen Tag beim Schreiben der »Gaul durchgegangen«. Und der arme Leser weiß gar nicht recht, wo wir uns eigentlich befinden.

Zwischen Siegen und Dillenburg führt die Landstraße über einen der höchsten Punkte dieses Berglands. Man nennt ihn den Rödgen. Dort stehen nur ein paar Häuser: zwei Bauernhöfe, ein Kurhaus, ein Pfarrhaus und eine herrliche, sehr alte, große Kirche.

In der dortigen Gegend hat Gott im vorigen Jahrhundert gewaltige Erweckungen gegeben. Und bis zum heutigen Tag ist das »fromme Siegerland« bekannt durch ein reges geistliches Leben. Dies hatte sich auch gezeigt bei den Missionsfesten auf dem Rödgen, zu denen in früheren Jahren immer sehr viel junges Volk herbeigeströmt war.

Das hatte die Machthaber des »Dritten Reiches« verstimmt. Und so hatte man das Fest verboten.

Nun waren die Fesseln gefallen. Zum ersten Mal soll wieder Jugendmissionsfest auf dem Rödgen gefeiert werden!

Wie ein Feuer war diese Botschaft durch das Land gegangen: »Jugendmissionsfest auf dem Rödgen!« Da strömte das Volk herbei! Und aller Jammer der Zeit, alle Sorgen und Nöte gingen unter in der unbeschreiblichen Freude, die über dem Volk Gottes liegt, wenn man »zusammenkommt«.

Das sah ich aus dem Fenster des hoch gelegenen Pfarrhauses. Auf allen Wegen zogen sie heran. Von allen Richtungen her klangen Posaunen!

Wie schnell war ich in den Kleidern! Und nun hinunter! Als ich die junge Pfarrfrau sah, ging mir ein Stich durchs Herz. Auch hier hatte der

Jammer der Zeit seine dunklen Fittiche gebreitet: Der Pfarrer war in Russland vermisst. Die junge Frau hatte wohl das Leid am Morgen schon vor den Thron der Gnade hingelegt. Und nun freute sie sich mit den Fröhlichen.

Welch ein Gewimmel unter den alten Bäumen vor dem Haus, im Pfarrgarten, am Waldrand, auf den Wiesen! Ein Kirchenältester stürzte auf mich zu: »Die Kirche ist viel zu klein für den Festgottesdienst!«

Wir sahen uns die Sache an. Ja, was ist zu tun?

Hinter der Kirche zog sich eine Wiese steil den Berg hinan. »Wenn wir alle Fenster öffnen, dann kann sich das Volk auf der Wiese lagern und dem Gottesdienst folgen!«

Ja, die Fenster öffnen! Das war nicht so einfach. Sie waren ein paar hundert Jahre alt. Klirrend stürzte beim ersten die Bleiverglasung heraus. »Lass man!«, sagte lächelnd der Kirchenälteste. Er war bestimmt nicht immer so großzügig. Aber heute! –

Diesen Gottesdienst werde ich nie vergessen, solange ich lebe. Kaum fand ich Raum, um zum Abendmahlstisch zu gehen, von wo aus die Schriftverlesung geschehen sollte. In allen Gängen drängte sich junges Volk. Auf den Galerien und der Kanzeltreppe saßen sie erwartungsvoll. Und draußen war es wie ein bunter Teppich – blühende Jugend!

Da setzten die Posaunen ein. Machtvoll erklang der Gesang des herrlichen Tersteegen-Liedes:

»Siegesfürste, Ehrenkönig,
Höchstverklärte Majestät …«

Und da, genau in diesem Augenblick, überfiel mich die Erinnerung. Ich sah mich wieder in dem abscheulichen Büro stehen, ich sah die verlebten, leeren, grausamen Gesichter:

»In zehn Jahren wird kein junger Mensch in Deutschland mehr wissen, wer Ihr imaginärer Jesus ist.«

Diese Jugend aber sang hier:

»Sollt ich nicht zu Fuß Dir fallen
Und mein Herz vor Freude wallen,
Wenn mein Glaubensaug betracht'
Deine Glorie, Deine Macht!«

Etwas erstaunt sah das junge Volk, wie der Festprediger sich die Tränen wischte, die einfach nicht zu halten waren. Kaum brachte ich die Schriftverlesung zu Ende: »… und es geschah, da er sie segnete, schied er von ihnen und fuhr auf gen Himmel.«

Da setzte der Chor ein und sang die Psalmverse: »Wenn der Herr die Gefangenen Zions erlösen wird, so werden wir sein wie die Träumenden. Dann wird unser Mund voll Lachens und unsre Zunge voll Rühmens sein …«

Da war es um uns alle geschehen. Und diese große Schar ahnte etwas davon, wie es sein wird in der zukünftigen neuen Welt, wo einmal alle, alle Fesseln fallen …

»… wenn frei von Weh
Ich sein Angesicht seh.«

Die Entwurzelten

1. Salz der Erde

Als ich auf der Kanzel stand, fiel mir ein junges Gesicht auf: blass, dunkle Augenränder, – das typische Gesicht eines Bergmanns.

Auch an den kommenden Sonntagen sah ich ihn – nun sogar in Begleitung von anderen. So sprach ich ihn eines Sonntags nach dem Gottesdienst an. Ich erfuhr, dass er aus dem Osten stammt, dass er mutterseelenallein in der Welt steht und nun in einem der großen Lager haust, in dem Hunderte von jungen Bergleuten eine Art Heimat gefunden haben. »Besuchen Sie mich doch einmal! Meine Kameraden würden sich auch freuen!«

So stand ich eines Tages vor dem riesigen, scheußlich kahlen Ziegelbau, in dem sechshundert junge Männer wohnten. Hinter dem Gebäude ragte der Förderturm der Zeche empor; sonst sah man gut gepflegte Schrebergärten und ungepflegte Mietskasernen.

Ich ging durch das große Portal. Aus einer Portierbude rief eine raue Stimme mir zu, wo ich denn hinwolle. Hier könne nicht einfach jeder hereinkommen.

Etwas erschrocken wollte ich Auskunft geben, da bekam ich einen Schlag auf die Schulter: »Wahrhaftig! Das ist ja der Pfarrer Busch! Na, das ist ja großartig, dass Sie mal nach uns sehen!«

Es stellte sich heraus, dass der vierschrötige Mann der Hausvater war. Als ich ihm erklärte, dass ich hier einen jungen Bergmann besuchen wolle, lachte er etwas verlegen und meinte: »Es sind raue Burschen hier im Haus. Ich glaube, Sie können allerhand erleben.«

Der Mann hatte recht gesprochen. Ich erlebte »allerhand«.

Mein Freund hauste in Zimmer 23. Als ich die Tür öffnete, erinnerte ich mich an die Zeit, da ich als junger Soldat in einer Kaserne leben musste. Dieser Geruch von verbrauchter Luft, von Schweiß, Käse, Zigaretten und Fußlappen! In der

Mitte ein riesiger Tisch. Rings an den Wänden eiserne Spinde und Feldbetten.

Mein Freund war ein wenig verlegen, als er so »bürgerlichen« Besuch bekam. Und die anderen jungen Männer schauten neugierig und misstrauisch auf. In diesem Augenblick ging es mir blitzartig auf, dass diese jungen Leute ja in einer völlig anderen Welt lebten als ich: Ihr Leben war von früher Jugend an Kasernenleben: Arbeitsdienst, Militär, Krieg, Gefangenschaft, Bergmannslager! Die wussten ja gar nicht mehr, was ein Familienleben ist. Die hatten keine Ahnung davon, wie ein Leben aussieht, das man sich selbst gestaltet. Und vor allem – Alleinsein kannten sie nicht! Sicher waren sie im Grunde alle furchtbar einsame Leute – einsame Leute, die nie allein sind!

Ich musste die Befangenheit durchbrechen. Es gelang. Und bald saßen wir in gemütlichem Gespräch um den großen Tisch.

»Nun sagen Sie mir mal, wie es kommt, dass Sie in meinen Gottesdienst gefunden haben«, fragte ich meinen jungen Freund.

Ohne Scheu antwortete er: »Ich war früher in Schlesien in einem CVJM. Und da habe ich mich entschlossen, dem Herrn Jesus anzugehören. Als ich nach Essen kam, habe ich mich erkundigt, wo man wohl hier die Jesus-Botschaft hören könne. Und so kam ich unter Ihre Kanzel.«

Nun war ich wirklich erstaunt, dass keiner eine Miene verzog. Wer die Atmosphäre solcher Stuben kennt, der weiß, dass der Name Jesus jedes Mal Widerspruch, Spott und Hohn hervorruft. Aber hier erfolgte nichts dergleichen. Das war verwunderlich. So fragte ich die anderen: »Ja, und was sagen Sie nun dazu?«

Einen Augenblick lang war es sehr still. Dann raffte sich ein langer Bursche auf: »Na, dann wollen wir das mal ruhig sagen! Zuerst haben wir uns fürchterlich geärgert, als wir hörten, unser Kamerad ginge in die Kirche. Dazu musste er ja auch so früh aufstehen, dass wir immer gestört wurden.«

»Ja, ja«, nickte einer, »wir haben ihm das Leben sauer gemacht. Man kann ja heute ruhig darüber sprechen. Ich habe immer mit meinen Stiefeln nach ihm gefeuert. Aber er hat sich nicht abhalten lassen.«

»Im Gegenteil!«, fiel ein anderer ein, »er hat uns immer eingeladen, mitzukommen. Das kam natürlich gar nicht in Frage. Aber – an Weihnachten – am frühen Morgen – da sagte er – er ginge zur Christmette. Und – ja – wissen Sie, Weihnachten ist ja was Besonderes. Kurz: Da gingen wir also alle mit.«

Ich staunte.

»Und seither werden Sie in Ruhe gelassen?«, fragte ich meinen jungen Freund.

Da leuchtete sein Gesicht unaussprechlich auf: »Jetzt gehen sie ja mit!«, sagte er fröhlich. Und all die rauen Burschen schauten verlegen drein, als wenn die schlimmste Übeltat an das Licht gekommen wäre.

Ich aber sah meinen Freund an. Und durch den Sinn ging mir das Wort Jesu: »Ihr seid das Salz der Erde! Ihr seid das Licht der Welt! Es kann die Stadt, die auf einem Berge liegt, nicht wohl verborgen bleiben.«

2. *Eine beunruhigende Frage*

So bald, wie ich es mir gedacht hatte, kam ich nicht weg: »Sie müssen auch mal unsere Kameraden nebenan besuchen!«

Man führte mich ins Nachbarzimmer – und ließ mich allein. Ich musste lächeln: Die Burschen kannten ihre Kumpels. Und sie waren wohl gespannt darauf, was die zu dem Besuch eines Pfarrers sagen würden. Aber es schien ihnen doch geraten, den allein die Sache ausfechten zu lassen.

Da stand ich nun in einem großen Saal, der von sechzehn jungen Männern bewohnt wurde. Einer löffelte am Tisch seine Suppe. Ein anderer machte sich gerade zum Ausgehen fertig (»Mal ein bisschen ins Kino gehen!«), ein dritter lag auf dem Bett und erzählte dreckige Witze … kurz:

Alle waren beschäftigt, so beschäftigt, dass sie nur eben aufschauten, als ich ins Zimmer trat. Und dann machte jeder weiter, als sei ich gar nicht vorhanden.

Eine unbehagliche Situation! Man musste ihr ein Ende machen.

»Grüß Gott, ihr Männer!«, rufe ich mit aller herzlichen Offenheit, die mir nur irgendwie zur Verfügung steht. Aber mein gut gemeinter Gruß bleibt völlig wirkungslos. Der junge Mann, der aus dem Blechnapf seine Suppe isst, schaut unsagbar gleichgültig auf und – isst weiter. Der am Fenster, der sich gerade eine Zigarette dreht, hat offenbar überhaupt nichts gehört … Ich komme mir vor wie – ja, wie soll ich sagen? – so muss einem Weinreisenden zumute sein, der aus Versehen einem Abstinenzverein einen Sekt offeriert hat.

Nun wird es mir zu dumm. Ich setze mich kurz entschlossen dem Suppenesser gegenüber: »Wo sind Sie denn her?«

»Oberschlesien!«

»Und Ihre Angehörigen?«

»Alle umgekommen!« Das Gespräch ist zu Ende.

Ich wende mich zu einem zweiten: »Und wo ist Ihre Heimat?«

»Ostpreußen!«

»Haben Sie noch Angehörige?«

»Meine Mutter lebt in der Ostzone!«

Ich frage einen dritten: »Woher stammen Sie?«

»Ich bin aus Bayern. Meine Eltern sind geschieden. Na, die sind froh, dass sie mich los sind!« Alles lacht. »Wie alt sind Sie denn?«, frage ich.

»Achtzehn!«

Aus dem Hintergrund ruft einer: »Das ist unser Jüngster! Unser süßer Kleiner!«

Ich wende mich an den Mann im Hintergrund: »Wo sind Sie denn zu Hause?«

»Ich?! Ich bin mit meinem Alten aus der Ostzone getürmt. Jetzt verhungert der langsam in Hagen.«

Es ist nervenzerreißend, wie hier mit einer unsagbaren Gleichgültigkeit die erschütterndsten Schicksale berichtet werden.

Da richtet sich der junge Mann, der auf seinem Bett liegt, auf: »Hören Sie mal, Sie fragen wohl gerne die Leute aus?« Spott und Drohung liegen in seiner Stimme. Jetzt muss ich nach vorne durchbrechen.

»Ja«, erwidere ich. »Ganz recht! Ich frage die Leute aus. Haben Sie mal vom Gallup-Institut gehört?«

Sie wissen Bescheid: »Das ist doch so ein Rundfrageunternehmen in Amerika!«

»Ganz recht!«, mache ich weiter. »So was Ähnliches bin ich auch. Ich habe allerdings nur eine einzige Frage. Was ich bis jetzt gefragt habe, war nicht das Eigentliche.«

»Na, dann schießen Sie mal los!«, sagt der Esser gemütlich und stellt seinen Topf beiseite. Er ist fertig und steckt sich eine Zigarette an.

Ich schaue ihn fest an: »Meine Frage lautet: Sind Sie, wie Sie sein sollten?«

Er ist erstaunt. Er wird verlegen. Schließlich sagt er ärgerlich: »Ich bin, wie ich bin!«

Ich lache: »Sehen Sie, Sie haben keinen Mut, meine Frage zu beantworten.«

Er fährt auf: »Wieso? Natürlich hab ich Mut!«

»Nun, dann antworten Sie mir doch: Sind Sie, wie Sie sein sollten?«

Er schaut sich verzweifelt um. Dann platzt er heraus: »Das ist kein Mensch!«

Ich halte meinen Partner fest: »Sie weichen schon wieder aus! Ich habe nicht nach allen Menschen gefragt. Ich frage Sie: Sind Sie, wie Sie sein sollten?«

Einen Augenblick Stille. Dann sagt er ehrlich: »Nein!« Ich schaue auf einen zweiten: »Sind Sie denn, wie Sie sein sollten?«

Der macht gar keine Ausflüchte: »Nein!«

Es ist auf einmal eine unheimliche Spannung in der Luft, als ich nun einen nach dem anderen frage: »Und Sie?«

Monoton und ehrlich heißt's jedes Mal: »Nein! Ich bin nicht, wie ich sein soll!«

Wie ein dumpfer Druck liegt es auf uns, als ich durch bin. »Meine Herren«, sage ich, »da müssen Sie mir schon eine zweite Frage erlauben! Warum ändern Sie sich nicht?«

Diese Frage macht auf einmal alle lebendig. Der auf dem Bett springt auf und ruft: »Himmel! Ja. Warum ändern wir uns nicht? Hab ich noch nie drüber nachgedacht! Gewusst hab ich immer, dass es nötig wäre!«

Einer setzt sich durch und rückt mir nahe auf den Leib: »Na, leben Sie bitte mal in solchen Verhältnissen! Und dann sagen Sie, dass man sich ändern muss! Nur die Verhältnisse sind an allem schuld!«

Ich winke ab: »Das ist Unsinn! Ich kenne viele Leute, die in vorzüglichen wirtschaftlichen und sozialen Verhältnissen leben und die sich doch nicht ändern, obwohl es sehr nötig wäre. Nein! Daran liegt es nicht!«

Das leuchtet ihnen ein. Es wird wieder sehr still. Der auf dem Bett – er hat sich wieder hingeworfen – murmelt nur: »Warum ändern wir uns nicht?«

»Ich will's Ihnen sagen«, antworte ich auf seine leise Frage. »Weil Sie es nicht können! Es kann doch keiner aus seinem Wesen und aus seiner Haut raus!«

Wieder wird es lebendig. Alle sprechen zur selben Zeit: »Na also! Warum machen Sie uns denn erst verrückt!« – »Klar, so ist es!« …

Noch einmal muss ich mir Ruhe verschaffen:

»Ich bin noch nicht fertig! Jetzt will ich Ihnen einen Tipp geben. Haben Sie schon mal von Jesus gehört?«

Verlegenes und erstauntes Gemurmel: »Na klar!«

»Haben Sie schon mal gedacht, dass Jesus für ein Bergmannsheim in Frage käme?«

Gelächter und Kopfschütteln.

Geradezu erschrocken aber sind sie, als ich nun sogar rufe: »Da irren Sie gewaltig! Jesus kommt für Sie in Frage! Denn ebendieser Jesus hat gesagt: ›Siehe, ich mache alles neu!‹ Der ist für Sie am Kreuz gestorben, damit Sie anders und ganz neu werden können! So! In dieser Richtung fangen Sie mal bitte an zu suchen! Und nun muss ich gehen!«

Als ich die Tür hinter mir zuzog, ging in der Stube ein gewaltiges Gespräch los.

3. *»Woher wissen Sie?«*

Die nächste Stube ist klein. Nur drei Mann finde ich hier vor. Einer sitzt am Tisch und liest. Ein zweiter, der sich bald als Berliner entpuppt, rasiert sich. Der dritte brät sich ein Kotelett.

»Guten Tag!«, fange ich gleich tapfer an. »Ich bin der evangelische Jugendpfarrer. Da ich gerade einen Ihrer Kumpels besucht habe, wollte ich Sie auch eben begrüßen!«

Der Berliner grinst. Während er seinen Bart

schabt, erklärt er spöttisch: »Ick höre immer Pfarrer! Nich jefragt!!«

»Welches Großmaul«, denke ich, und entgegne: »Ich höre immer: ›Nicht gefragt!‹ Was ist nicht gefragt?« Da guckt er mir mitten ins Gesicht und sagt lachend: »Gott ist nicht gefragt! Dafür interessieren wir uns nicht! Nun wissen Sie ja Bescheid!«

In mir steigt roter Zorn auf: »Mensch!«, donnere ich ihn an, »das ist ja nicht die Frage, ob Sie sich für Gott interessieren. Vielmehr ist das die Frage, ob der heilige, lebendige Gott sich für solch einen windigen Burschen interessiert, wie Sie einer sind ...!«

In diesem Augenblick packt mich selber das Wunder des Evangeliums, dass ich hinzusetze: »... und stellen Sie sich vor: Er tut's! Es ist wunderbar, aber wahr: Gott interessiert sich für Sie!«

Da geschieht etwas Erstaunliches: Er hat auf einmal auch gemerkt, dass dies etwas Unbegreifliches ist. So lässt er seinen Rasierapparat sinken und sagt voll Verwunderung: »Woher wollen Sie das wissen? Für mich hat sich bisher noch niemand interessiert!«

Nun kann ich einfach nicht anders – ich sage ihm das große Wort der Bibel: »Also hat Gott die Welt geliebt, dass er seinen eingeborenen Sohn gab, auf dass alle, die an ihn glauben, nicht verloren werden, sondern das ewige Leben haben.«

Und dann weiß ich, dass hier jetzt alles gesagt ist, was zu sagen ist. Darum gebe ich ihm die Hand: »Das wollte ich Ihnen nur mitteilen. Auf Wiedersehen!« – Ich gehe.

Im nächsten Zimmer habe ich kaum »Guten Tag« gesagt, da stürmen die drei herein, der Berliner an der Spitze: »Mann! Davon müssen wir mehr hören!« Und ehe die Zimmerbewohner noch recht wissen, was denn eigentlich los ist, sitzen wir am Tisch, und ich bezeuge Jesus als den Heiland und Sohn Gottes.

4. Die Not

Es gab natürlich manches Zimmer, in dem sich nichts Besonderes ereignete, wo man mich gelassen begrüßt und gelangweilt gehen ließ. Und doch – das ist jetzt falsch gesagt: Es ist immer ein Ereignis, wenn der Name des Herrn genannt wird – auch wenn wir weder Wirkung noch Spuren sehen. Aber von einem Zimmer muss ich noch berichten. Da wurde es besonders schön.

Es fing aber gar nicht schön an. Als ich in die kleine Drei-Mann-Stube trat, verschlug es mir zuerst den Atem: Die ganze Wand war behängt mit gemeinen obszönen Bildern. Die hatte man offenbar aus Magazinen und »Illustrierten« ausgeschnitten und mit Reißnägeln an der Wand befestigt.

Ich brachte kein Wort heraus. So blieb ich an

der Tür stehen und schaute erschrocken auf den wunderlichen Schmuck. Langes Schweigen!

»Gefällt Ihnen wohl nicht?«, fragte schließlich einer frech.

»Nun, das ist Geschmackssache!«, erwiderte ich. »Jedenfalls würde ich mir meine Stube anders tapezieren.« Wieder Schweigen.

»Da ist doch nichts dabei!«, warf endlich einer hin. Mein Blick fiel auf die drei jungen Burschen. Was hatten sie wohl schon alles erlebt! Ein unendliches Mitleid überkam mich: »Ich glaube, die Bilder sprechen davon, dass hier eine Not vorliegt. Ja, es ist eine große Not, wenn man mit sich selbst nicht fertig wird. Aber – man hängt doch die Dokumente seiner Not nicht an die Wand! Man spricht vielleicht mit einem guten Freund darüber. Aber – an die Wände hängen ...!«

Schweigen!

Und auf einmal stand einer langsam auf. Er ging auf das nächste Bild zu und begann es abzunehmen. Die beiden anderen sahen ohne Widerspruch zu, wie er nun die Reißnägel aus der Wand zog und Bild für Bild herunterholte. Es dauerte lange. Und es fiel kein Wort dabei.

Dann war die Wand leer. Es war wie ein Aufatmen. Nun war die Bahn frei für das Gespräch. Wir rückten zusammen und redeten wie Brüder miteinander. Ja, wie Brüder. Denn es war uns, als hätten wir viel miteinander erlebt ...

»Gott ist an allem schuld!«

Manchmal erlebt man das Walten des lebendigen Gottes so deutlich, dass einem der Atem stockt. Und wenn das geschieht, ist man – so glaube ich – immer irgendwie beschämt. Dazu will ich eine kleine Geschichte erzählen:

Da saß ich am Steuer meines Wagens und schimpfte mächtig vor mich hin. Es war auch wirklich kein Spaß zu fahren: Der Regen troff nur so. Man konnte kaum durch die Scheiben sehen. Und die Nacht war schwarz wie ein Tunnel. Dabei musste ich mich durch das ganze Ruhrgebiet durchwürgen. Es ging über lauter Straßen mit einem ekelhaften Kopfsteinpflaster. Das ist bei Regen schrecklich glatt. Und dann die Straßenbahnschienen! Der Wagen rutschte nur so durch die Gegend! Und der Verkehr! Jedes entgegenkommende Auto, ja, jeder Radfahrer – und es wimmelte von Bergleuten, die zur Schicht fuhren! – warf mit seiner Laterne eine lange Lichtbahn in die Nässe. Das blendete unerträglich!

Das war nun schon der dritte Abend, dass ich diese Schinderei mitmachte. Und vier Abende hatte ich noch vor mir. Dazu sah es gar nicht so aus, als wenn das Wetter besser werden wollte. Es war »zum Auswachsen«!

Und warum das alles?

Da hatte nun so ein kleines Nest eine Evangelisation veranstaltet. Na, schön! Aber was in aller Welt hatte mich bewogen, diese Sache zu übernehmen? Eigentlich hatte ich selbst das auch gar nicht getan. Wie war es denn dazu gekommen? Einige Jungen meiner Gemeinde waren in dem Nest freundlich aufgenommen worden.

Und da hatte man sie am Schluss gebeten: »Nun sagt doch eurem Pfarrer, er soll mal eine Woche lang bei uns Vorträge halten!« Das hatten die Burschen so halb zugesagt. Jedenfalls versicherten sie mir, ich dürfe sie jetzt nicht blamieren und absagen! …

»Langsam! Langsam!« Ich fasse das Steuer fester. Es geht wieder um so eine blödsinnige Kurve. Und natürlich, da kommt mir ausgerechnet ein riesiger Lkw entgegen. Abblenden, das kennt der Fahrer offenbar auch nicht! … Vorsichtig schiebe ich meinen Wagen daran vorbei …

Wirklich, es ist »zum Auswachsen«! Ich muss an den ärgerlichen Brief denken, der zu Hause auf meinem Schreibtisch liegt. Aus Heidelberg ist er gekommen. Und die Leute dort beschweren sich bitter, dass ich ihnen nun schon zum zweiten Mal eine Einladung abgeschlagen habe.

Im Geist sehe ich die große Kirche in Heidelberg vor mir. Unwillkürlich vergleiche ich sie mit dem armen Dorfkirchlein dort in dem »Nest«. Nur mit Mühe und Not bekommt man da ein paar Leute zusammen. Das ist ja so verständlich:

Wer mag bei diesem Wetter die weiten Wege von den verstreuten Bauernhöfen antreten! Das müssen immerhin sehr hungrige Seelen sein!

Im Gedanken an diese verlangenden Herzen wird mir ein bisschen besser zumute.

So, und nun haben wir endlich die letzten Zechen hinter uns. Jetzt kann man etwas freier fahren. Wir überholen ein paar triefende Gestalten, die zu der Dorfkirche eilen – durch Nacht und Sturm! Wirklich – das Bild packt uns. Und man schämt sich schon fast seines Ärgers.

Aber das Eigentliche kommt erst!

Als ich meinen Wagen am gewohnten Platz anhalte, erwartet mich da ein Mann: »Guten Abend, Herr Pfarrer! Darf ich Sie in mein Haus einladen? Es kommt da ein kleiner Kreis zum Gebet zusammen vor Ihren Versammlungen.«

Das kann man brauchen. Alle Nerven zittern nach der anstrengenden Fahrt. Da ist es schön, mit Gleichgesinnten vor Gott still zu werden.

In einem netten Haus finden wir ein paar Männer, Frauen und junge Leute. Und da hören wir die wunderbare Geschichte, die mir klar macht, warum ich ausgerechnet dort Vorträge halten musste.

»Sehen Sie«, berichtet der Mann, »schon in meinem Elternhaus hat das Evangelium von der Gnade Gottes in Jesus Christus das Leben beherrscht. Und darum hat es meinen Vater und meinen Großvater immer geschmerzt, dass hier in der Gegend so viel geistlicher Tod ist. Die Leute gehen auf in den Sorgen des täglichen Lebens. Und nach Frieden mit Gott fragen nur ganz wenige.

Als mein Vater dann hörte, dass da und dort Vortragsreihen und Evangelisationen gehalten wurden, sagte er oft: ›Wenn das doch in unserer Gemeinde einmal geschähe, dass eine Woche lang der Weg zur ewigen Seligkeit klar dargelegt würde!‹

Wir Jungen meinten dann, wir könnten das ja mal veranstalten. Aber mein Vater wehrte ab: ›Das darf man nicht erzwingen! Das muss vom Kirchengemeinderat oder – wie man hier sagt – vom Presbyterium ausgehen! Wir wollen darum beten!‹ – Und das haben wir seitdem getan. Nun schon über Jahre hinweg. Mein Vater ist inzwischen gestorben. Aber wir haben weitergemacht. Jede Woche ist hier im Haus gebetet worden, Gott möge es dem Presbyterium doch ins Herz geben, dass sie einmal einen Evangelisten berufen …

Und sehen Sie, jetzt hat er unsere Bitten erhört. Sie sind ganz offiziell vom Presbyterium berufen. Und wir können Ihnen gar nicht sagen, wie sehr wir uns freuen, dass nun eine Woche lang unser Kirchlein sich füllt – trotz Sturm und Regen.«

So wurde mir dort in der Stube berichtet. Und man wird verstehen, dass es mir etwas den Atem verschlug. Denn wenn wir auch mit der Erfüllung unserer Gebete rechnen, so ist es für unsere harten Herzen doch immer wunderbar, wenn wir die Hand des lebendigen Gottes eingreifen sehen.

Wie musste ich mich nun vom Grunde meines Herzens schämen, dass mir diese Fahrten hatten zu viel werden wollen!

Aber dabei durfte ich gar nicht stehen bleiben. Da war ein junger Mann in der Stube. Der lachte mich fröhlich an und sagte: »Sehen Sie, darum hat es uns auch so gefreut, dass Sie am ersten Abend ausgerechnet das Thema hatten!«

Da besann ich mich, dass ich meine Vortragsreihe begonnen hatte mit einer Rede über das Thema: »Gott ist an allem schuld!« So stand es auf den Handzetteln, die zu den Versammlungen einluden. In der Tat: Gott war an allem schuld!

Da wurde mir das Herz weit. Und so haben wir zusammen gebetet, dass er in dieser Sache weiter wirken wolle.

»Viel Zeit!«

»Eine richtige Antwort ist wie ein lieblicher Kuss«, sagt der weise Salomo. Und er hat Recht!

Ernst ist ein junger Arbeiter. Er hat es nicht ganz leicht. Denn seit er sich von ganzem Herzen zum Herrn Jesus bekehrt hat, muss er allerlei Spott ertragen. Aber er ist »nicht auf den Mund gefallen« und weiß zu antworten. Eines Tages erklärt ein Arbeitskollege: »Mit dem Tod ist alles aus und vorbei!«

Ernst fährt herum: »Nein!«, sagt er bestimmt.

»Was soll denn noch kommen?«, fragen spöttisch ein paar Stimmen.

»Das Weltgericht!«, sagt Ernst.

Einen Augenblick lang ist Stille. Dann lacht einer laut auf: »Ich kann mir das nicht vorstellen. Sieh mal, es haben doch so furchtbar viele Menschen gelebt in all den Jahrhunderten und in den vielen Ländern. Und da soll nun jeder einzeln gerichtet werden. Denk nur mal, wie viel Zeit man dazu braucht.«

Darauf entgegnet Ernst: »In der Ewigkeit haben wir ja auch sehr viel Zeit. Es liegt dann nichts anderes mehr vor.«

Diese Antwort genügt. Es sagte keiner mehr etwas.

Bücher von Wilhelm Busch bei CLV

Aus dieser Reihe sind erschienen:

Band 1: **Kleine Erzählungen**
ISBN: 3-89397-665-5
Band 2: **Man muss doch darüber sprechen**
ISBN: 3-89397-666-3
Band 3: **Variationen über ein Thema**
ISBN: 3-89397-667-1
Band 4: **Leben ohne Alltag**
ISBN: 3-89397-668-X
Band 5: **Unter Menschen**
ISBN: 3-89397-669-5

Plaudereien in meinem Studierzimmer
Paperback, 304 Seiten
ISBN: 3-89397-969-7

Jesus – unsere Chance!
Taschenbuch, 160 Seiten
ISBN: 3-89397-770-8

Ferner sind verschiedene **Vortrags-CDs** erhältlich.